Weirdbreed
EDIZIONI

II

RAY HERMANNI LEWIS

I Racconti
dell'Altro Dove

Illustrazioni di
Sergio D'Amore

Weirdbreed

EDIZIONI

A tutti quelli che non possono leggere questo libro...
A tutti gli autori strani...
Ray Hermanni Lewis

It's just a simple fact of life...
Freddie Mercury

SOMMARIO

PREFAZIONE

Benvenuti nel mio mondo.

Lore & Conoscenza

All'interno delle mie opere avrete modo di scoprire l'universo che ho creato per diletto o per testimonianza. Affido a voi l'arduo compito di interpretarlo. Ogni racconto è una stella nel firmamento della mia galassia e costituisce un pezzo fondamentale per risolvere il rompicapo finale. Sei pronto ad avventurarti oltre il cosmo *rayoso* che scuote le stesse fondamenta della scienza che conosciamo? A tal proposito devi sapere che il mio mondo contiene un dualismo di forze opposte e contrarie. Così come la notte e il giorno, anche il male più oscuro ha una sua estrema controparte.

Il **Dove** è una regione iniqua, primordiale e mormora al di là delle stesse leggi del tempo e dello spazio. È una dimensione torva e inumana che ospita cose ed esseri che nessun mortale dovrebbe conoscere.

Gli Esseri di Buio

Le forze demoniache che primeggiano in quel luogo sono antiche, primeve e vorrebbero reimpossessarsi del nostro mondo. Durante le tue imprudenti escursioni nelle mie storie conoscerai molte creature malvage come *Agares, Stolas, Forneus, Ipos, Andras* e molte altre. Questi demoni infernali hanno una provenienza assai primordiale e sono sempre esistiti. Nonostante siano passati e descritti dalla **Goetia Gotica** e nell'antico grimorio di Re Salomone: il **Clavicula Salomonis** *(grimorio anonimo sulla demonologia)*. A ognuno di loro appartiene un sigillo che sfoggiano con arroganza ai poveri malcapitati al loro cospetto. Questo sigillo permette loro di identificarsi e di istruire i loro specifici poteri che usano per loro diletto e piacere in ogni circostanza. Io li chiamo "Esseri di Buio".

Gli Esseri di Luce

A queste creature sono contrapposte le loro antitesi, ovvero le forze blu, i guardiani che sorvegliano il fragile equilibrio del bilancio cosmico. Durante i viaggi che affronterai all'interno dei miei scritti riecheggeranno nell'etere nomi come *Mumiah, Habuhiah, Manakel* e altri. Il loro aspetto e le loro sembianze sono molto riconoscibili e perpetuano la luce. La provenienza di questi esseri è persa tra gli eoni del tempo ed è sempiterna, anche se sono tuttavia citati e descritti nella **Cabala** e nello **Shem HaMephorash** *(il nome esplicito)*. A ognuno di loro appartiene un sigillo che irradiano con remissività e che identifica e specifica i loro poteri. Le loro intenzioni sono benevole e aiutano spesso i personaggi in situazioni critiche o di pericolo. Io li chiamo "Esseri di Luce".

I Mangiatori di Buio

Nel corso del vostro peregrinare sarà molto facile che incontriate queste tremende aberrazioni. Essi sono indomabili scagnozzi delle forze demoniache e vengono spesso mandati come messaggeri o come spie. Durante il giorno si tramutano in rocce conservando il loro terribile e inquietante aspetto. Assomigliano vagamente a dei blasfemi monaci, sono sprovvisti di piedi e i loro arti affondano direttamente sul terreno. Solitamente sono incappucciati e il loro volto è una voragine di vuoto abissale imperscrutabile.

I Custodi della Morte
Quando vi avvicinerete troppo al baratro, al confine, vi troverete al cospetto dei guardiani dell'oltre. A loro è affidata la soglia del Dove. Il tempo è solo una miserrima unità di misura convenzionale e non ne tengono conto. Traggono beneficio dalla morte e da tutti gli esseri viventi che muoiono. Finché esisterà il processo della morte nell'universo saranno al sicuro e diuturnamente presenti. Il loro sostentamento è assicurato!

Le leggi Cosmiche del mio universo governano sul tempo e sullo spazio. All'interno della **non materia** vi è una forma vivente incorporea compattata in sé stessa e quindi completamente opposta alla **materia** percepibile. Secondo le teorie del Dottor William Morton, (uno dei personaggi cardine della mia odierna produzione letteraria), il nostro universo è formato da due grandi elementi.

Le **particelle nere** e quindi tutto ciò che noi vediamo come oscuro tra tutti gli elementi del cosmo è non materia. Secondo gli antichi saggi d'un tempo, essa racchiude in sé quello che rimane dell'essere umano dopo la sua morte. Le *cariche negative* attirano e intrappolano all'interno della non materia tutte le anime malvage degli esseri viventi che passano a peggior vita.

Le **particelle blu** che noi conosciamo come materia di luce e che compongono gli strati dell'atmosfera terrestre, così come le esosfere degli altri pianeti dell'universo e tutto quello che è dunque tangibile. Le *cariche positive* attirano al contempo e direttamente in contrapposizione le anime buone che brillano nell'infinito scenario cosmico. Le particelle nere e le particelle blu possono essere ricavate e risucchiate da qualsiasi essere morto, ed è infatti abbastanza comune che i miei personaggi ricorrano a tale espediente per combattere i propri nemici. La pratica richiede senza dubbio l'esecuzione di alcuni versicoli presenti all'interno del pestilenziale grimorio che ho creato: l'**Infericum**.

A tal proposito i cimiteri sono grandi contenitori di energia cosmica e van tenuti d'occhio. Nei meandri sconcertanti del mio primo romanzo chiamato per l'appunto "Infericum", i protagonisti ricorrono spesso a questa disgustosa strategia per fronteggiare il male. Secondo le teorie scientifiche del Dottor Morton, le cariche positive rappresentano un'irrisoria presenza nell'universo, poiché il vuoto cosmico e quindi la non materia è di gran lunga superiore alla materia. All'interno di questo vuoto nuotano perpetuamente tutte le creature e gli esseri di buio. Io lo chiamo **"L'altro Dove"**.

"Il tutto è paragonabile a un'immensa bolla di sapone che circonda l'umanità, con un confine posto in un punto situato alla fine dell'esosfera terrestre... E dunque, laddove lo strato è più debole, alcune volte quell'universo crea una spaccatura e si riversa nel nostro mondo, creando una dimensione inumana abitata dalle anime tormentate delle cose morte..."

Da "L'uomo Senza Anima"

L'alfabeto Hermanniano

Nel corso del tempo ho creato un vero e proprio alfabeto in lingua per il mio mondo, ragion per cui molte delle mie storie sono spesso disseminate di frasi, didascalie e documenti scritti con questo linguaggio. Traducendo dunque i messaggi con questo apposito codice, vi apparirà quello che malsanamente andate indagando attraverso i viaggi impensabili delle mie veritiere costruzioni oniriche. Grazie all'alfabeto Hermanniano potrete dunque accedere ai demoniaci rituali e alle maligne trame contenute nell'Infericum.

Abbiatene cura!

Ve lo ripropongo qui di seguito.

A	B	C	D	E	F	G	H	I	J	K	L	M

N	O	P	Q	R	S	T	U	V	W	X	Y	Z

L'alfabeto Hermanniano è stato ideato nel 2014 circa ed è stato creato sulla base dell'alfabeto arabo. Seguendo la *lore*, sia il terribile "Infericum" che il "Cronicae Ex Inferis" sono stati scritti dagli esseri di buio e di luce attraverso gli eoni del tempo. Il suo eccessivo uso potrebbe causare effetti indesiderati e il risveglio di creature che vanno oltre la vostra comprensione.
Usatelo con molta saggezza.

East Coast

Tutti i miei racconti sono ambientati nella costa est americana. Da Burlington *(Vermont)*, a Portland *(Maine)*; da Baltimora *(Maryland)* a New Castle *(West Virginia)*. Da Atlantic City *(New Jersey)* a Norfolk *(Virginia)*. Le vecchie cartine utilizzate all'interno dei miei racconti sono vere e proprie carte geografiche del secolo scorso.

L'Infericum

Ogni racconto è un frammento di vetro che fa parte di un'intera visione prismatica dell'intera opera generale del mio universo. L'Infericum è al centro di tutto questo. Il volume rappresenta un passaggio, un varco per l'altro Dove ed è a sua volta un bestiario pieno di versicoli e formule demoniache. Questo compendio non ha una vera e propria origine e secondo la stessa contezza dei personaggi appartiene ai sospiri di un tempo che fu. Spesso e volentieri è solo citato, altre volte ricopre un ruolo fondamentale per la storia.

Tutto quello che sappiamo sul libro ci è stato tramandato attraverso il "**Cronicae Ex Inferis**", un antico codice che racconta in maniera cronologica tutti gli avvistamenti dell'Infericum avvenuti nel corso dei secoli. Prendere consapevolezza di questa secolare cronologia potrebbe sconvolgervi alquanto, poiché narra di avvenimenti storici importanti e che al tempo stesso ignoravano incautamente la presenza di questo volume.

Non mi resta che lasciarvi galleggiare tra le mie storie, all'interno del mio universo e augurarvi buona fortuna.

MUMIAH

IL FARO DI PORTLAND

Mi svegliai alle prime ore di luce anche quella mattina e mi scaraventai ancora una volta alla finestra. Il ribollio era ancora lì e i garriti dei gabbiani erano cessati come a voler presagire un epilogo di morte. Di quale orrenda manifestazione ero partecipe? La perdizione sconcertante a cui quello scoglio era destinato mi provocava delle insensatezze visive che mi circuivano nei meandri più profondi della mia psiche. La solitudine a cui fui costretto mi annichilì e persi gran parte del mio interesse per la vita. Forse avrei potuto reagire, ma a quale scopo? Dopo un anno di permanenza al faro di Portland, mi resi conto che l'unico rumore che sopportavo era quello dello sciabordio delle onde che si infrangevano sulle pareti della scogliera. Un moto di eterno riverbero e di imperituro recesso.

Tuttavia, per nulla potei ignorare gli straordinari eventi di cui fui testimone e che accompagnarono le mie notti, come per niente potei trascurare i seducenti incubi e le reali paure a cui gli schiaffi della realtà mi costrinsero. Solo la penna e la memoria di me stesso tengono lontano gli strumenti affilati che bramano le mie carni.

Questa scrivania è solo una prigione della quale prima o poi mi libererò. Una volta mi chiamavano Harold Collins, ma non ne sono più così certo. Il passato e il presente adesso mi appaiono come farneticazioni del tempo. Rumori ed errori di una infinita sequenza di cruda abominazione e rifiuto, ma qual è il nostro vero posto oltre il tangibile? Sono sveglio, eppure annaspo nel sonno.

La mia permanenza su quello scoglio non fu una facile scelta. La solitudine può nascondere una crudeltà assai più amara, però fu una decisione semplice ed efficace. A quale scopo vi chiederete? Chiunque troverà queste pagine ne avrà chiara idea. Prima del mio confino al faro vivevo a Newcastle, nel West Virginia, le giornate si susseguivano con semplicità e la mia vita non sempre mi fu un peso. Almeno finché non sopraggiunse quella strana eclissi, un insolito e innaturale avvenimento che cambiò profondamente la realtà di quel luogo e forse il destino del mondo intero. Durante quel fenomeno qualcosa di irrequieto varcò i confini dell'ombra e lo stesso buio divenne vivo. Delle creature fatte di cruda tenebra avvelenarono con un terribile prodigio gli abitanti della città e la loro mente divenne irrequieta e miserevole. I loro corpi si annichilirono e si mossero incantanti da un insidioso riecheggio cosmico, un febbricitante canto che ancor oggi infesta i miei incubi. A quale diabolico piano appartenni?

Fu in un concitato strepito di paura che saltai su quel carro merci alla stazione di Newcastle e fuggii, dopo essere riuscito a svincolarmi dai martoriati rimasugli di quelle cose. Grotteschi simil uomini dalle fattezze abnormi vociferarono alla mia vista, regalandomi urla di sconfortante angoscia. Bestie dalla pittoresca corporatura animarono i putridi sobborghi di quella bieca metropoli e molto insolentirono quando mi videro sopra quel vagone, impietrito e malconcio. Inutile menzionarvi come il mio già malformato volto si distorse ulteriormente ai primi segni di delirio. Quale destino mi fu avverso? Mentre scrutavo le masse informi e deturpanti allontanarsi dal mio sguardo, vidi un pietoso colore avvolgere l'intera città. Fu una tinta biancastra, ma proferiva un che di sudicio e rivoltante. Dopo che quell'accecante tonalità si fu diffusa in tutto l'eremo, notai che l'orrendo colore aveva inghiottito ogni cosa e ogni esistenza divenne muta.

Non ebbi mai una spiegazione per ciò che avvenne, ma volli allontanarmi il più possibile da quel luogo e dalle sue flagellanti presenze. Quando arrivai a Portland mi rintanai in questo faro e mi estraniai da ogni forma di civilizzazione. Solo il battello delle provviste animava di tanto in tanto il mio isolamento. Il vecchio custode aveva abbandonato il lavoro all'improvviso e senza pensare mi proposi come nuovo guardiano. In fondo, poteva essere una buona casa per me, forse la prima e ultima della mia vita. Nonostante continui imperterrito a inchiostrare queste vecchie pagine, ricordo ancora il mio primo giorno. Quando il signor Serge mi portò su questo scoglio, mi disse che ogni venerdì sarebbe tornato per i rifornimenti e che in caso di problemi avrei dovuto segnalare le anomalie tramite telegrafo.

L'unica scialuppa a mia disposizione era ormeggiata in contiguità del piccolo molo. Di notte, la luce in cima si scagliava luminosa attraverso il buio sacrale della tenebra, oltre l'imperioso sciabolare delle onde, al di là di ogni visibile dimensione e innanzi a stelle dall'incauto significato. Tutto questo mi impressionò e dopo che il

vecchio Serge mi diede le ultime direttive, riprese il mare scomparendo poco dopo fra le acque. «Signor Collins», mi disse, «abbiate cura di voi stesso, non lasciatevi incantare dalle onde, la solitudine non è un bell'affare, il mare porta con sé strani segreti che solo gli insani di mente possono svelare». A seguito di quelle parole rimasi immobile e insensibile. Mi convinsi a perlustrare l'intera scogliera attorno al faro, al fine di intrattenere i miei nervi e distrarre la mia mente. Le correnti si infrangevano pacifiche sugli scogli e i flutti che il vento accarezzava annunciavano un leggero maltempo. Fu quel giorno che avvistai il ribollio.

In prossimità del molo mi fermai ad avvertire come uno sfogo sottomarino, un serio sussurro viscerale della natura che, quasi con consapevolezza, si tacque subito dopo che vi posai gli occhi. Ma il mare è pieno di rigurgiti d'aria pensai e il mio cerebro era già stato alquanto compromesso e indebolito; quindi, con reticenza decisi di passare oltre e rientrare nella struttura. Subito dopo mi condussi nei miei alloggi, dove il disturbante senso dei miei pensieri mi raggiunse. Quando arrivai in cima alle scale, avendo attraversato i primi due piani, il domicilio mi accolse in tutta la sua comodità. Un piccolo tavolo in legno sulla sinistra, un esile letto adagiato vicino ai finestroni sulla parete opposta, degli incavati scaffali posti sul lato destro del giaciglio con alcuni volumi in pendenza e più in là, sul finire, vi era un umile abitacolo per le esigenze culinarie. L'unico specchio della stanza era oblungo e posto accanto al tavolo, però mal sopportando il mio riflesso lo voltai verso il muro come prima cosa.

Dopo che mi fui ambientato presi a condurre una routine abbastanza semplice: facevo due o tre passeggiate verso il pontile scandagliando le rocce, mi sedevo vicino alla scialuppa osservando l'irrequieto furore dell'oceano e nel pomeriggio salivo in cima al faro, come a voler scrutare sempre più in là, oltre la mia stessa vista. Due settimane più tardi interruppi bruscamente il mio giro d'ispezione, poiché in prossimità del molo avvertii un terribile odore che mise a dura prova il mio olfatto. Il putrescente olezzo che sentii proveniva da un posto ben definito: il ribollio.

Ancora una volta posai gli occhi su quell'irrequieto punto di mare, le correnti si mischiavano effervescenti in quel tratto e il fetore che ne scaturì divenne insopportabile. Spinto dal morbo della curiosità salii sul piccolo scafo di fronte a me e remai fino al punto. Nelle vicinanze, le nauseanti esalazioni aumentarono e le acque mi apparvero più nere e misteriose. Fu proprio lì che sentii per la prima volta un raccapricciante senso di terrore. La scialuppa tremò soggiogata da alcune bolle d'aria e con fare istintivo provai a infilare la pagaia nell'acqua, come a volerne smistare il fondo. Di lì a poco fui sorpreso dall'intenso garrire di alcuni gabbiani e in un impeto di smarrimento persi il remo. Lo vidi pian piano sparire tra le onde che s'infrangevano verso la riva. Dopodiché rimasi abbastanza calmo e, alternando la voga un po' a destra e un po' a sinistra, mi ricondussi al molo. Quella piccola avventura mi aveva sfinito, così tra il persuaso e il confuso rincasai al pharus, tornai nei miei alloggi e mi appollaiai sul letto.

La mattina seguente mi svegliai di buona lena, scesi in spiaggia e di primo acchito avvistai il remo incagliato fra le rocce. Quando andai a recuperarlo mi accorsi di un particolare alquanto bizzarro. Parte del legno apparve intriso di una sostanza viscosa dalle tonalità bigie e la pala sembrò come corrosa da un lurido inchiostro dall'insueta composizione. Non avevo mai visto nulla del genere, ma del resto non ero mai stato un così abile uomo di mare. Quella specie di fanghiglia poteva essere tutto e niente per me, ma decisi comunque di sottoporla a occhi molto più esperti. Il capitano Serge sarebbe arrivato l'indomani per il solito giro di provviste, quale migliore occasione.

– 29 ottobre 1885

Un'altra settimana era passata e i risvolti della mia permanenza si fecero insoliti. In maniera alquanto bislacca iniziai a soffrire di insonnia e la visita di Serge mi lasciò abbondantemente stranito. Quando gli mostrai il remo e prese consapevolezza del fatto si irrigidì come per una forma di paralisi e dopo qualche momento, atto a una sorta di ridondanza cerebrale, esclamò:

«Dove avete trovato questa poltiglia, signor Collins? Non ho mai visto niente del genere fra queste acque e a dirla tutta, non credo che tale miasma possa appartenere al mare».

Rammento che con fare lucido risposi:

«Beh, qualche giorno fa, vicino al molo, ho avvertito come un ribollio e perlustrando con circospezione quel tratto ho notato alcune stranezze. Quando mi sono avvicinato, ho infilato il remo per scandagliare il fondale, ma la pala mi è sfuggita di mano e l'ho recuperata il giorno dopo fra gli scogli. Questo è quanto! Un rigurgito molesto delle correnti? Cosa mai potrebbe essere? Inchiostro?»

Dopo che Serge ascoltò con pazienza il mio concitato racconto si fermò a fissare qualcosa; lo scossi, ma come impaurito rimase impassibile. Mi voltai di scatto verso il faro, ma non riuscii a scrutare nulla. Abbastanza celermente scostò il battello e mi disse:

«State attento alle ombre, signor Collins! Non abbandonate mai la luce nei vostri percorsi notturni. A presto, ci rivedremo il prossimo venerdì».

Mentre si allontanava gli sentii ripetere con insistenza:

«Fiat voluntas dei, la vie est la somme de tous vos choix».

A quell'irreprimibile isterismo accostai la consapevolezza che la triste scia del mio passato non mi avesse affatto abbandonato. A quale terribile futuro ero destinato? Dopo quei dissennati avvertimenti i miei giorni si susseguirono lenti e uno strano presentimento iniziò a perseguitare la mia mente. Cominciai a scorgere degli strani movimenti nell'ombra e a ogni imbrunire mi munii di una lanterna, come a voler sfidare la luce stellare del cosmo. Le mie escursioni notturne divennero serie e persi gran parte della mia ingenua spensieratezza.

Il ribollio divenne sempre più irrequieto e le correnti sottomarine si mostrarono confuse e smaniose. I miei alloggi mi apparvero improvvisamente insidiosi e alcune strane crepe si diffusero copiose sulle mura. Una di quelle notti avvertii quasi un crepitio proveniente dallo specchio, così mi alzai di scatto e lo girai. Il riflesso non mostrò nulla, non accesi neanche la luce, ma quello che mi parve di vedere fu un distorto contorno umano, una sagoma più scura dello stesso buio. Lo rivoltai verso la parete e dopo quella notte lo portai al piano di sotto, nella stanza di passaggio. Fu lì che rimase. Con grande rammarico cominciai a pensare che le terribili forze che avevo lasciato sul mio cammino mi avessero in qualche modo raggiunto. Quando fuggii dalla città di Newcastle, già all'epoca, ebbi la tremenda sensazione che quegli orrori squarcianti non mi avrebbero mai lasciato in pace. Avevo visto troppo e quel mondo non dimentica le sue prede, il sapere che avevo acquisito era una condanna a morte e a poco era valsa la mia fuga. Che futuro avevo dinnanzi?

Dopo quelle incongruenti elucubrazioni esasperate dal mio pesante animo, anche la luce del sole mi parve sintetica e l'aria mi divenne artificiale. Passavo lunghe ore seduto sul molo e come smarrito fissavo l'orizzonte alla pietosa ricerca di aiuto. Il venerdì seguente arrivò Serge, depose le sue provviste e mi trovò assorto tra i miei pensieri. Fu quel giorno che gli mostrai il bulicare di quelle acque. Il ribollio era sempre stato lì e giorno dopo giorno si era ingrandito, come alimentato dalle mie paure.

«Paix à toi, signor Collins, che cosa mirate in quella prospettiva? La brezza è aumentata e ho avuto non poche difficoltà a raggiungervi questa settimana, le masse d'aria sembrano impazzite da queste parti».

Mi girai con leggerezza e alla sua domanda risposi:

«Scendete da quel battello. Riuscite a vedere quel tratto laggiù? Le correnti sottomarine non sono di ordinaria provenienza, ci dev'essere qualcosa lì sotto, osservate...»

Come preso da uno dei suoi isterismi replicò:
«Parbleu! Signor Collins, io non calpesto quella terra, non

fraintendetemi, ma ci sono forze in questo lembo di universo che non ho intenzione di scoprire. Il signor Peters, vostro predecessore, mi parlava sempre di questo faro e un giorno mi disse che durante una notte aveva visto alcune creature camminare sulla sabbia, come alla ricerca di un passaggio verso la terraferma. Devo tuttavia ammettere che il vecchio Peters era molto attaccato alla bottiglia e certe volte i suoi racconti erano più frutto del suo nettare che della sua mente. State comunque in guardia, la solitudine è un'amante che consuma».

Rimasi ad ascoltare con molta attenzione, poiché senza volerlo il vecchio capitano aveva rivelato degli accadimenti inaspettati ed ebbi quindi modo di comprendere che i segreti che quel faro nascondeva avevano una reale tangibilità. Dopo che tolse l'ancora vidi il suo battello allontanarsi fra i torbi flutti innescati dal maltempo, che in concomitanza al suo arrivo si era sviluppato in tutta l'area. Mentre osservavo la scena, una pioggia fredda come il ghiaccio mi sorprese, così con passi svelti rientrai immediatamente. L'aere che quell'atmosfera formò tra le nubi mi incusse un sentimento di estremo timore e mi abbandonai a percezioni caustiche e mendaci.

Fu quella notte che vidi per la prima volta quegli esseri. Mi ero rintanato nei miei alloggi e il temporale sembrava insistere con prepotenza, i finestroni che davano sulla battigia a est riuscivano a mostrarmi il molo e gran parte delle rocce circostanti. Il ribollio era proprio in quella direzione, così con fare curioso guardai verso la scogliera e quel che vidi mi raggelò il sangue. Tra l'infuriare delle onde scorsi emergere dalle acque delle forme, degli insensati profili di umana fisionomia si raggrupparono

su tutta la costa come espulsi dalla corrente. Quegli sconcertanti sconquassi molecolari invasero tutto l'isolotto e con movimenti biascicanti si mossero verso la riva iniziando a perlustrare ogni dove. Il loro aspetto mi fu svelato dal faro che a intermittenza illuminava rigidamente quei brutali contorni. Scintilli e movimenti dal funesto agire balenarono dentro ai miei occhi in perpetua agitazione. Di quale macabro incubo ero vittima?

Non mi persi d'animo e con fare alterato scesi le scale, presi il lume e mi condussi là fuori. Quello che avevo visto non poteva essere vero, ma quando varcai la soglia mi ritrovai dinnanzi a una martoriata scena. Il buio regnava sempiterno e la pioggia distorta dal vento si schiantava sul mio deturpato volto con ferocia. Il lume che agitavo nello scuro mi accompagnò oltre un confine che da quel momento in poi mi parve nuovo. Qualche passo più in là, vicino alle rocce, avvertii degli strepiti funamboleschi, mi avvicinai e quando alzai la lanterna vidi quelle cose. Proprio sopra gli scogli notai delle tremende creature fatte di pura tenebra.

Gli arti, scintillanti e oblunghi, annaspavano leggeri sulla scogliera, finché in un attimo tutto rimase immobile. Fu proprio lì che persi il senno, indietreggiai pian piano e dopo alcuni passi mi girai di scatto e corsi senza remora. Durante la fuga ebbi la certezza di essere inseguito, poiché dopo che tutto si tacque per un istante fui raggiunto da urla e stridii di agghiacciante rabbia. Rabbrividii come preda di una folle visione onirica e ogni certezza mi fu vana. Sprangai il portone con ogni cosa a disposizione e mi recai immediatamente ai piani superiori. Quando arrivai ai finestroni presi consapevolezza che le creature stavano ritornando in acqua verso quel turbine sottomarino, il ribollio.

– 4 novembre 1885

Dopo gli ultimi avvenimenti, i giorni si susseguirono con immediatezza e durante le notti mi barricai con attenzione all'interno dei miei spazi. In quelle giornate ebbi inoltre modo di perlustrare tutti gli anfratti della struttura, cronografai le albe e i crepuscoli con fare minuzioso, al fine di avere dati più certi. Mi vietai di uscire dopo il tramonto, poiché le vibrazioni negative che l'avvento dello scuro produceva mi terrorizzavano e penetravano sin nell'inconscio. Il mio sonno fu celermente disturbato dalle ansie di cui inevitabilmente fui rappreso e per tenere la mente occupata lessi in abbondanza gli indomabili e fantasiosi scritti di Guy de Maupassant. Durante le ore notturne mi abbandonai ad angoscianti passeggiate di commiserazione fra un piano e l'altro, mi proposi persino di contare gli scalini che si arrampicavano per tutto il faro.

Nessuna distrazione servì a rimuovere dalla mia mente quei pensieri, quelle impossibili farneticazioni visive a cui fui esposto. Le mie energie si affievolirono e le mie sensazioni si sbiadirono, come sfaldate dalla paura e da una forma di abiezione. Quando il buio inghiottiva pure le onde sentivo il febbrile e immondo calpestio di quelle creature, uno strascichio che mi procurava un irreale prurigine psichica e che mi condannava a una tortura psicologica insormontabile. Dalle finestre scrutavo ogni notte quell'infernale marcia demoniaca: un macabro corteo di corpi purulenti e a malapena percettibili sviscerava tutta la scogliera e ogni anfratto possibile, come alla ricerca di qualcosa. Una di quelle notti scesi al piano inferiore e tra un delirio e un altro riposai gli occhi su quello specchio. Mi avvicinai con circospezione e quando lo girai non vidi nessuna superfice su cui specchiarmi, ma un buco vuoto e nero. Ricordo che pieno di sgomento borbottai:

«Dove diavolo è finito il vetro? Sembra più una porta adesso».

Quel che feci in seguito potrei giustificarlo solo per timore di essere considerato un pazzo. Senza alcuna remora infilai un braccio attraverso quel buio piano e l'arto sembrò scomparire oltre di esso. A seguire mi immersi interamente e dopo alcuni secondi di smarrimento mi ritrovai in un luogo sordo da ogni rumore. Quella regione sembrava torva e inospitale: ogni cosa apparve ricoperta da un lurido liquame dallo scuro registro, l'esotica vegetazione inusuale si presentò scarna e imputridita da una specie di inchiostro, che in grande quantità ricopriva gran parte del territorio. La luce, con la quale potei riconoscere tutto questo, era irradiata da alcune stelle tagliate a metà e che riuscii a svelare in lontananza, oltre quello che mi parve un cielo grigio e tenebroso. Di quale visione fui partecipe?

Dietro di me riconobbi la forma dello specchio, che come un fendente se ne stava immobile, come un occhio da un'altra dimensione. Fu lì che profondamente turbato mi rigettai oltre la fenditura e ritornai nella mia realtà, rigirai lo specchio verso il muro e corsi nei miei alloggi in pieno affanno. Dopo alcune ore atte a che la mia psiche ritornasse savia provai a collegare i punti.

«E se le creature stessero cercando quella porta? Forse è da lì che sono uscite, forse avevano attraversato quella soglia in un punto non definito nel tempo e sono rimaste intrappolate in questo scoglio».

Questo fu il mio ragionamento, ma confesso che all'epoca fu una rivelazione troppo spaventevole per essere vera. Dopo quella notte tutto mi fu più chiaro o almeno così credetti. Lo specchio era una soglia per un terribile mondo di infausti destini, un varco che portava in un luogo che nessun vivente dovrebbe vedere e che nessun defunto dovrebbe patire. Quale miserevole futuro stavo profetizzando? La commiserazione vacua di quei giorni mi portò verso una dolce follia, una delirante dissennatezza psicologica che mi cambiò per sempre. Di lì a poco persi il senso del tempo e con ansia provai ad aspettare giorno dopo giorno l'arrivo di Serge, come ultimo segno di conforto. Ma dove sarei potuto andare? Le bipedi creature che infestano la terraferma erano forse meglio dei miei notturni compagni inumani? A quell'agghiacciante domanda accostai un forte sentimento di ripugnanza e diniego, un'ammorbante repulsione per la vita e per i viventi, quale esistenza fu inutile quanto la mia. Sul finire di quei pensamenti diedi il commiato alla luce delle stelle e dopo un ultimo sguardo alle brulicanti creature svenni esausto sul letto. La mattina seguente sentii la campanella del battello di Serge e in un tonfo di trionfo mi alzai dal letto e mi precipitai alle scale. I raggi del sole mi apparvero malati e il cielo si stagliava limpido. Quando arrivai al molo fui felicissimo di rivedere il mio solitario amico e con fare ossequioso lo salutai:

«Salut mon amie, la chair est faible!», esclamai con leggerezza.

Dopo che Serge gettò l'ancora, si avvicinò a riva e in maniera compunta disse:

«Signor Collins, che cosa vi è successo?» domandò con stupore. In tutta risposta dissi: «A cosa vi riferite? Ah, il mio aspetto? Beh, vedete, non ho riposato granché ultimamente, sono vittima di una forma di stanchezza cerebrale, ho delle allucinazioni visive, durante la notte mi è parso persino di scorgere delle ombre, che in guisa umana invadevano di soppiatto l'intero scoglio. Forse il vento della pazzia mi ha finalmente raggiunto».

Con pacatezza Serge ripose le ultime casse sul molo e continuò il suo discorso:

«Signor Collins, non credo che dovreste rimanere qui, questo lavoro è maledetto e non lascia superstiti. Il povero Peters morì in circostanze poco chiare, non voglio che anche voi facciate la sua stessa fine. Fuggite da qui prima che sia troppo tardi. Su, lasciate ogni cosa e salite, vi porto a Portland».

In un barlume di moribonda indulgenza indugiai:

«Ditemi, cosa è successo fra questi scogli?» A quel punto, dopo alcuni passi di desolazione, Serge si sedette sul finire della prua e con fare remissivo elargì i suoi pensieri.

«Un mese dopo che voi prendeste servizio, il signor Peters morì, andai spesso a trovarlo durante le settimane precedenti e fu durante quelle visite che mi raccontò una storia alquanto bizzarra. Disse che un giorno, in una notte di sangue e tormentata da un cielo dalle sadiche fattezze, una nave in pieno smarrimento attraccò in questo molo e gli uomini che ne discesero sembrarono vittime di una qualche tremenda malattia sconosciuta. Quando il povero Peters cercò di aiutarli, si rese conto che il male che avviluppava quelle genti non era terreno, il carico che trasportavano non era nulla di eccezionale, ma in fretta e in furia scaricarono sulla riva uno specchio. Era oblungo e a una semplice vista gli apparve di scarsa fattura. Gli uomini ne sembravano terrorizzati, i volti deformati da mesi di malattia sfinirono i restanti membri dell'equipaggio in poche ore e da lì a poco il signor Peters si ritrovò con gli scogli pieni di cadaveri infetti. Dopo che ebbe ad avvertirci tramite telegrafo arrivammo quanto prima al faro e quello che vedemmo fu sconcertante. I cadaveri sembrarono flagellati da un qualche tipo di male, forse una forma aggravata di colera, una degenerante infezione esotica o forse qualcosa di inumano e diabolico.

Uno degli uomini in punto di morte vociferò che la nave proveniva dall'India e che laggiù avevano vagato a lungo alla ricerca del grande Mumiah, un semidio dalle sembianze umane. Dopo mesi di peregrinaggio arrivarono in uno sperduto tempio incavato nella roccia bruna. Al suo interno trovarono un modesto altare in basalto con iscrizioni amorfe e incomprensibili. La grotta veniva probabilmente usata come rifugio per profanatori di tombe e insulsi ladri da forca. Fu così che insieme al loro capitano trafugarono qualche oggetto di valore, alcuni frammenti di sculture e un modesto specchio. Durante il viaggio di ritorno l'equipaggio iniziò ad ammalarsi e dopo settimane di cieca follia arrivarono a destinazione. Il faro, tuttavia, fu la loro tomba».

Congiuntamente a quell'incredibile racconto maturò in me un senso di repulsione mentre gli occhi di Serge si riempirono di amarezza. Adesso conoscevo la storia di quell'oggetto e non potevo più ignorare il mio senso logico. Privo di qualsiasi emozione esclamai:

«Lo specchio è ancora qui!»

– Epilogo

La consapevolezza di quei fatti mi scaraventò in un turbinio di paura e incredulità. Quel giorno guardai al faro come a una creatura solitaria, portatrice di una malasorte senza età. I piccoli movimenti inconsulti di Serge mi impressionarono e con fare energico scese dal battello e piantò i suoi stinti scarponi sulla sabbia dell'isola.

«Dobbiamo distruggerlo, non sapete di che male siete il custode».

Quelle parole mi rimbombarono senza scampo fin dentro le membra e in balia della rassegnazione entrammo e ci dirigemmo al primo piano. Lo specchio era lì, sul finire della stanza, bislungo e desueto, quasi volto a maledire l'intero ambiente. Con il coraggio che la luce del giorno ci infuse ci avvicinammo con circospezione e con molta naturalezza lo afferrammo. Fu a quel punto che ruppi l'aura di silenzio:

«Perché volete distruggerlo? Non siete affatto curioso di quel che potrebbe svelarci? Non bramate anche voi di quella sete di conoscenza che scardina confini e soglie mai esplorate?»

Arrivati all'esterno Serge mi aiutò a posarlo sulla sabbia e con caparbietà insistette:

«Non siate sciocco! Qualsiasi cosa sia uscita da qui dentro non è vostra amica. Prendete quel sasso e non esitate».

Quando alzai la pietra in aria il cielo si annuvolò e il sole si nascose fra le nubi, verso il molo l'intenso ribollio parve pronunciarsi più intensamente e i gabbiani garrirono un mormorio funebre. Il sapere che avevamo appreso ci aveva forse condannati? Ma a che cosa? Di lì a poco vedemmo in lontananza che le creature cominciarono a uscire dall'acqua e il ribollio si trasformò in un corposo gorgoglio marino. In un frangente le scogliere furono ricoperte da ammassi informi di nero sconcerto e ogni speranza ci parve perduta.

Fu lì che i nostri sguardi si incrociarono in un dissidio di estremo terrore. Gli esseri si avvicinarono sempre più e nel giro di poco tempo fummo circondati da quelle ombre immateriali. Quando provammo ad allontanarci, nel tentativo di tenere stretti i nervi e far cara la pelle, le creature si accartocciarono su sé stesse e abbarbicandosi sulla sabbia si diressero con fare spasmodico verso lo specchio. Non erano interessate a noi, ma alla regione estrema che quell'oggetto celava. Dopo che tutte quelle cose scomparvero oltre la superficie, l'eremo rimase in silenzio e le nuvole ebbero a diradarsi.

«È finita!», esclamai in pace e con un estremo atto di prepotenza fracassai quel cristallo riflettente.

«Non credo proprio che sia finita signor Collins, il male che oggi abbiamo vissuto non ci abbandonerà mai più, né esso si dimenticherà di noi».

Successivamente a quelle parole vidi Serge allontanarsi e risalire sul battello; ricordo che con pacatezza mi voltai verso il faro e lo guardai in tutta la sua interezza.

«Mon amie, aspettatemi. Io vengo con voi, portatemi a Portland».

Il vecchio capitano mi osservò con una vena di lietezza e in pieno bagordo urlò:

«La mer est un espace de rigueur et de liberté, mon frère. Salite a bordo, si parte».

Fu quel giorno che abbandonai il faro. Quando levammo l'ancora al tramonto, mi sedetti a poppa e osservai quel magnifico rossiccio sangue che il sole morente lascia sul suo cammino. Era maestoso, ma trasmetteva un senso di perdizione ed estrema inquietudine.

Lo scoglio scomparve pian piano all'orizzonte e con esso svanirono anche gli ultimi residui della mia esistenza.

Tra le nuvole, che tristi salutarono il mio viaggio, mi parve quasi di intravedere un'immensa ombra dalle imponenti sembianze velarsi oltre le nubi, ma quando quell'emozione raggiunse il mio cuore mi riappacificai subito, poiché i miei sensi già alquanto deteriorati per nulla si smossero. Ormai sera arrivammo a Portland, ormeggiammo il battello e con fare sereno Serge esclamò:

«Dove andrete adesso? Volete forse mangiare qualcosa? Proprio qui vicino c'è la Old Shark Tavern, una simpatica stamberga di mare, dove tra un boccale di birra e una buona zuppa passo le mie notti».

Non ebbi molto da discutere e con serenità lo interruppi bruscamente:

«Vi ringrazio mon amie, ma non sarei di compagnia e non sarei per niente felice di accostarmi ad altri esseri benpensanti. La mia è una vita raminga e vorrei scontare questa condanna da solo. Chissà che non ci si rincontri, in questa o in un'altra vita».

Il vecchio capitano se ne rimase sul ponte di prua ancora per qualche istante, illuminato dalla serenità della luna e immerso nei suoi pensieri:

«Adieu signor Collins, abbiate cura di voi mon frère», gli sentii bisbigliare.

Dopo un ultimo sguardo di commiato, mi incamminai verso la prima stazione e presi la prima carrozza a buon mercato per una cittadina di nome Burlington, del resto una città valeva come un'altra.

FINE

3 marzo 2022

AGARES

IL VIANDANTE

Il vagabondare per Sam non aveva mai portato a buoni frutti, le tristi vie del suo cammino non furono mai affatto clementi. Tutto sembrava sconfinatamente vuoto nella sua vita. Vagava da un posto all'altro e come aria divenne invisibile, come acqua divenne inarrestabile. Il suo nomadismo era diventato vitale, come alla repentina ricerca di qualcuno o di qualcosa.

Il freddo delle vecchie strade di campagna sembrava inseguirlo attraverso le piccole depressioni dei suoi tiepidi nascondigli. Fu da quegli alveoli maleodoranti che Sam si incuriosiva, come di consueto, ispezionando a debita distanza quel falotico maniero di campagna, desolato di giorno, ma inconcepibilmente vivo al riecheggiar del fosco.

«Il mio nome è Sam Bulsara, ho scritto queste poche frasi in un diario trovato nel corso del mio insulso peregrinare, ora qui, ora altrove. Scrissi quasi tutto quello che seguirà in un parossismo di terrore che solo un martoriato incubo può elargire. Rammento quegli avvenimenti come troppo inusuali e bislacchi per essere veri; questi ricordi, che, come fiotti di icore, invadono la mia mente, non possono essere veritieri, ma confesso oltremodo che non può essere neanche puro fariseismo...»

Dicembre 22, 1973

Non avevo mai osato avvicinarmi in quel lugubre e arido suolo, in quella tacita atmosfera a cui la notte faceva da cuscino. Le finestre erano tinte di un verde malaticcio e i vetri riflettevano una stanca e arrossata luna, come una silente spettatrice sorvegliava il volo di quei corvi che popolavano le cadenti lapidi del vecchio cimitero di famiglia. Era sistemato sul lato manco della casa; il terreno rassembrava più nero in alcuni punti, laddove i rami uscivano come putridi resti di corpi in decomposizione. Le mie notti erano arroventate da incubi, che una volta desto mai ricordavo.

Percepivo che qualcosa mi chiamava a sé, un'asfissiante morsa mi stringeva, come nel ricordo di una vita passata, come in un déjà vu di incessante insensatezza. Scivolando su quei pensieri mi accucciai e nel freddo rottame di un bus in cui mi ero accampato mi riaddormentai, come un pipistrello allo spuntar del sole.

La mattina seguente uno zufolio nell'aria interruppe il mio sonno, una singolare figura uscì da quella casa. Era un omino di bassa statura con un lungo e malconcio cappotto, un cappello sgualcito copriva il suo capo e i capelli, che uscivano in uno strano verso, avevano una pittoresca conformazione. Ricordo che rimasi a indagare la messa in scena di quella figura fino alla piccola cappella di famiglia, proprio all'interno del piccolo camposanto.

Dopodiché la silhouette scomparve mutamente oltre l'entrata della chiesetta con innaturale velocità. Incuriosito da tali stranezze mi avvicinai con sospetto alla casa e mi avvicinai alla finestra che si affacciava sul lato opposto al cimitero. Fu lì che diedi un'occhiata al di là di quegli opachi vetri, che proteggevano quella dimora dal mondo dimenticata. L'impressione fu quella di un vecchio maniero dai mobili deteriorati e oramai accarezzati dai sospiri del tempo, quegli austeri quadri raffiguranti forme di metageometria, quel pavimento unto da una qualche gelatinosa bava di un orrido verde dai tratti rossicci mi inquietava. Una libreria spiccava vicino al malandato camino; i libri, molto ben curati, parevano quasi resistere alla polvere che vigeva in tutti gli altri spazi.

Questi avevano l'aspetto di libri religiosi, vecchi messali funebri, cronache sui morti, ma un libro sulla cui copertina apparivano le parole "Chronicae ex Inferis" padroneggiava uno degli scaffali. D'un tratto, il sordo rumore di una campana mi spaventò e mi allontanai dalla finestra, proprio nel momento in cui un malato riflesso trasparì da una fioca luce proveniente da una debole candela. Non feci in tempo a voltarmi che caddi in una piccola fossa, dentro la quale i resti di un qualcosa in tarda decomposizione emanavano un terribile lezzo. Rialzatomi mi accorsi oramai abbastanza lontano di come il tempo fosse passato in maniera sorprendente vicino a quel posto! Le lancette segnavano un orario troppo tardivo ai miei occhi e invano cercavo una spiegazione logica. Solo qualche ora prima mi ero svegliato dal sonno e la mia escursione vicino alla casa non poteva essere durata ore; quei momenti erano diventati molto più lunghi.

Mi sentii come all'interno di una clessidra che giocava

irrimediabilmente a mio sfavore. Mentre la mia mente lavorava a una spiegazione scientifica sentii di nuovo nell'aria quel sibilo, quel cigolio che aveva preceduto l'apparire di quel losco essere nel camposanto. Dal portone uscì nuovamente quell'omino dall'aria frusta e si accinse verso l'uscio di quella casa, che trepidante ne attendeva il triste e pestifero ritorno. Qualche minuto più tardi un'altra ombra si intravide uscire dalla tenuta. Era una vecchietta dall'aria dolce e tranquilla, un'inaspettata signora dall'arguta tempra. Le sue sembianze erano alquanto normali: i capelli grigi, l'aria un po' emaciata di chi ha una certa età e degli occhi straordinariamente intensi che a un certo punto si fermarono a fissarmi. Visibilmente smarrito e confuso ascoltai quell'ammaliante voce:

«Salute ragazzo! Cosa fate lì fuori con questo carnivoro vento? Lasciate in questo luogo un po' della serenità che recate, vi prego entrate».

Abbastanza stupito sentii uno strano brivido attraversarmi il corpo, dovevo entrare, qualcosa mi stava chiamando. Acquiescente mi avvicinai lentamente al maniero e fu allora che i miei occhi si fecero più nitidi, quella ora vetusta figura sghignazzava in un modo alquanto maniacale. Un tepore improvviso mi accolse e senza capire svenni sommerso da una nebbia agghiacciante come l'abisso. Al mio risveglio mi ritrovai all'interno della casa. Le luci fioche di quelle morenti candele rendevano la stanza di un gialliccio carne, le pareti erano cosparse di un rossiccio spento e molti mobili erano corrosi dalla polvere. Nel girar il capo mi accorsi di quell'anziana signora che adesso potevo osservare qualche metro più in là seduta, come una piccola bambola di porcellana.

«Siete sveglio ragazzo? Non dovreste andar fuori con queste intemperie, mio caro; la vita è una cosa così preziosa da far rabbrividire qualsiasi essere brami calpestare questa terra, abbiatene cura finché potete».

A quei maternali ammonimenti risposi: «Mi dispiace avervi procurato un fastidio signora, ma il mio corpo sembra ormai esser segnato da ferite che solo il tempo può donare». Con fare acidulo la donna replicò:

«Cosa? Tempo? Cosa diavolo ne sapete voi del tempo... dacché mondo è desto, le anime che torturano questi alveari senza vita respirano in abissi dimenticati, quale dio fu forte quanto la stessa morte il cui brivido scorre in queste nostre vene».

Amareggiai tutto il mio essere al solo riecheggiare di quelle tremende parole: «Scusatemi», risposi inorridito da quella voce:

«Vi ho offeso con la mia temeraria arroganza».

In quegli attimi si propagò un fetore nauseabondo che proveniva dalla stanza accanto:

«La cena è pronta! Avrete sicuramente fame, unitevi a me, ne sarei lieta; sapete, non ho ospiti da molto tempo e non accetterò alcun tipo di rifiuto».

In quel momento mi alzai quindi per condurmi a cena. Con sorpresa notai che la tavola era apparecchiata per tre persone:

«Di chi è l'altro posto signora?»

Chiesi con improntitudine. Con fare quasi supponente ricordo che rispose:

«A tempo debito, ragazzo, a tempo debito».

Senza una risposta iniziai a esaminare quelle cibarie. Le carni emanavano un sanguinolento odore e dai tagli si poteva quasi intuire che fosse stata letteralmente scuoiata con forza dai poveri resti di un qualcosa. Una poltiglia color porpora ne contornava e il cucchiaio, intriso di una strana lordura, sprofondava avidamente all'interno di quell'abominevole mangereccio. Immerso in quei pensieri le mie funzioni esaminatrici furono interrotte da alcuni passi strascicanti. Al solo percepirne il rumore mi agitai molto, finché alla mia destra comparve quella insana e misteriosa figura che tanto mi aveva turbato. Da vicino il suo aspetto era ancora più ributtante, quel suo cappotto maleodorante, quegli occhi visivamente stanchi e arrossati. Ricordo che quelle mani ossute e annerite mi procurarono come una irreale prurigine mentale. Si sedette a tavola con disinvoltura e non fissò mai nessuno, iniziò a cibarsi come un pazzo animale rabbioso provocando dei disdicevoli rumori ogni qualvolta i suoi marci denti logoravano quelle carni. Rimasi impressionato e paralizzato aspettando la fine di quella truculenta cena.

Poco dopo quella sudicia scena fui condotto nella camera degli ospiti dove mi attendeva il riposo.

«Se doveste lasciare per una qualche motivazione questa stanza, non dovete recarvi in nessuna altra parte della casa; è molto vecchia e desta molte brutte esperienze...»

Intimidito da quelle frasi entrai subito laddove avrei

dovuto trascorrere la notte. Subito sulla sinistra un grande armadio di frassino nero soverchiava la stanza, il letto era inabissato sul finire dell'abitacolo e i pavimenti sembravano riflettere, accanto alla finestra, una pallida luce lunare che si perdeva negli scuri meandri della casa. Stanco e stremato mi accinsi a contemplarmi in quello specchio incastonato nell'odoroso frassino dell'armadio.

«Che cos'ha la gente da queste parti? Tutte queste misticherie sembrano stravaganze infernali di un qualche numero da circo... eppure alcune cose appaiono così livide; come mai non ho visto altre persone nei paraggi ultimamente? Sembra un posto dimenticato… oddio».

Sgomento e orrore si dibattevano nella mia mente, come alberi preda di una fragorosa tormenta; tutte le mie paure si contorcevano in un torbido vortice di allucinogena cagione. Avvicinatomi allo specchio scorsi diverse ampollette contenenti liquidi e strani miasmi, uno in particolare primeggiava fra gli altri. Conteneva una strana melma di un rosso porpora con sfumature di verde morente, lo aprii mosso dalla curiosità. In maniera alquanto bislacca il liquido sfuggì gocciolando verso l'alto, come vittima di una curiosa nonché impossibile forza di gravità contraria, dacché alzando gli occhi ne vidi alcune sul soffitto. In balia dello stupore cercai di chiudere il contenitore che con un tonfo balzò da solo al suo posto.

Quello che vidi in seguito potrei giustificarlo solo per timore di potermi reputare folle. Con indugio alzai gli occhi spinto dallo strano cigolio di qualcosa che stava logorandosi, era il soffitto. Quelle gocce fuggite via dal contenitore consumavano copiosamente il legno, come vitalizzate da una qualche malsana forza.

Il rumore era simile a quello di tante piccole bocche che digrignavano i denti dopo una lunga e famelica attesa. Alla fine, quando il vecchio soffitto si consumò con un fracasso spaventoso, iniziai a scorgere un oblio al di là di esso, ma confesso che all'epoca non seppi distinguere quello che cominciò ad apparire. La fessura si apriva sempre di più e le gocce squarciavano e inghiottivano il legno con indicibile fame, un morente afrore penetrava dallo squarcio che ora si riversava dentro i miei occhi.

Piccolissimi elementi simili a quarzo nero erano sospesi nell'aria cupa, alcune stelle tagliate a metà vagabondavano in lontananza brillanti di un rosso porpora metallico. Attraverso quell'oscurità intravidi alcune figure spuntare da dietro la mezza stella più vicina. Delle creature prive di occhi strisciavano sulla superficie: la loro pelle appariva di un bluastro sporco e le loro zampe non si addicevano a nulla che il mondo animale terreno conoscesse. Come a monito di superbia solo tre escrescenze simili a unghia si pronunciavano dagli arti e i denti riflettevano una terribile luce proveniente dalle loro viscere…

A questo scenario mi riempii di angoscia, le mie gambe cedettero e i miei occhi si arrossarono al punto tale che non riuscii più a scrutare quello che si delineava davanti a me. In un lampo tutto finì, quella visione scomparve e in preda al panico mi stramazzai per terra, nel puerile tentativo di rimuovere quella visione dalla mia mente. Dopo alcuni minuti, riaprendo gli occhi, percepii un lugubre silenzio che adesso invadeva la stanza, tutto sembrava al proprio posto e il soffitto era tornato a esser tale. Alzatomi da terra iniziai a interrogare la mia mente, non riuscivo a pensare, il dubbio pulsava nelle mie vene. Ricordo che a quel punto mi girai velocemente verso uno degli angoli della stanza e scorsi una figura più scura dello stesso buio; essa formava un contorno umano…

«Chi sei…? Cosa sei…? Non avvicinatevi, state attento, io…»

La mia voce fu interrotta dallo stridio che una corda di violino compie nel rompersi:

«Srtriigtthh sacco di carne, non meriti il tuo stesso involucro… noi arriveremo e squarceremo le vostre ossa come… srtiig… ghtt… sh»

Nella mia folle corsa con la paura, accesi immediatamente il lume accanto a me per scandagliare l'ombra alla ricerca di quelle parole, ma tutto svanì con immediatezza. Fuori dalla finestra il freddo azzurro dell'alba iniziava ad apparire e il vento si impadroniva dell'aria, come un ragno della sua preda. In quel frangente intravidi dalla finestra quel piccolo omuncolo, il suo passo era rapido. Si dirigeva nuovamente con passo strascicante verso quella vecchia cappella, la porta si aprì e la figura scomparve oltre essa. Senza batter ciglio presi un'asse di legno sconnessa dal vecchio armadio e forzai la finestra, uscii dalla stanza e corsi verso la porta entrando prima che essa si richiudesse. Davanti a me si disvelava un triste scenario che solo a questi posti è riservato avere.

L'aria pesante appestava i loculi vuoti sulle pareti, alcune candele consumate erano sparse sul pavimento, un pericolante altare posizionato sul finire della stanza si presentava come un enorme monumento abbandonato a decadi di imperizia. Ai lati due piccole porte richiamarono la mia attenzione.

Con passo attento perlustrai quel fatiscente spazio, testimone di numerose morti e temibili eventi. Nell'etere fiutai come una greve e agrodolce esalazione di morte dall'ammorbante sentore e il respiro mi venne corto. Le piccole finestre in cima al tetto lasciavano penetrare una debole luce, che timidamente serpeggiava attraverso quella sepolcrale atmosfera. Mi avvicinai all'altare e dopo qualche passo mi accorsi che la porta sulla sinistra era leggermente aperta; il pavimento al di sotto manifestava nuovamente quella strana bava gelatinosa dalle tonalità incerte. Mi accinsi, così senza indugi, ad aprire la porta e iniziai a spiare con occhio famelico.

Gli attimi che seguirono tempestarono la mia mente di mille interrogativi intenti a scoprire il perché di quegli accadimenti. Di un decadente frassino scuro la porta pareva esser stata smossa e la spalancai aiutandomi con la spalla… I miei occhi si posarono subito nel buio silenzioso della veduta che si disserrò ai miei sensi; i gradini impolverati e sconnessi di una scalinata si incamminavano lunghi al passo, a terra vi era traccia di quel viscidume della quale le scale sembravano intessute. Con estrema inquietudine mi inoltrai oltre e presi con me una delle candele dal pavimento. L'aria rassembrò come rarefatta, alcune tracce di magnesio sui muri laterali decoravano la cruda roccia. Quelle pareti emanavano un forte e fangoso odore e dalle striature sul manto mi venne da pensare che delle mani o qualcosa di simile avesse smunto e imputridito quelle volte…

Dopo alcuni maldestri passi, mi resi conto di come i miei piedi non poggiassero più sul terreno, un'astratta forza aveva sostituito i gradini dandomi l'impressione di camminare nel vuoto, potevo ora scorgere quello che sotto di me appariva come un vorace abisso pronto a inghiottirmi. La mia paura aumentò e i miei battiti si fecero tamburi impegnati nella più violenta delle sinfonie:

«Che posto è mai questo? I miei piedi... dove posano? Adesso so di essere entrato in un regno che solo pochi hanno avuto l'improntitudine di mirare...»

Rammento che passo dopo passo ebbi la sensazione di essere arrivato in un corridoio sordo da ogni rumore e i gradini, riapparendo, avevano cambiato forma e si mostravano lordati di una sostanza simile a fango bollente e il cui vapore si abbarbicava verso l'alto. In lontananza una luce blu proveniva dal corridoio in cui adesso mi trovavo. La terribile discesa verso una qualche landa era finita, così quasi con distacco iniziai a perlustrare quell'infernale posto. Una sostanza vischiosa di un putrido grigiastro ricopriva le mie mani ora attente alla mia vista...

«Oh dannazione, le mie mani... quelle pareti... che cosa ha strisciato qui dentro per secoli...? Tutto quello che mi circonda sembra così etereo, come se tutto appartenesse a chissà quale allucinogeno lembo di universo».

Con lecita paura mi incamminai nel corridoio cercando di raggiungere quella luce in lontananza; i miei passi avanzavano pesanti, solo un raccapricciante stridore cominciò adesso a riecheggiare più vicino. Il corridoio diveniva più stretto quando mi apprestai ad avvertire come un vellichio dalle pareti, qualcosa accarezzava le mie carni. Spostai i miei occhi verso le pareti e quel che vidi tortura i miei incubi ancora oggi. Lunghe, agghiaccianti vive escrescenze si prolungavano viscide dalle strette pareti, mi toccavano, mi bramavano come se sentissero il calore del mio cuore, come se da qualche parte in questo mondo in cui adesso mi trovavo, qualcuno o qualcosa mi stesse osservando. Al limite dell'umano mi scostai inorridito e corsi d'un fiato sino alla fine del corridoio. La luce si schiariva adesso più forte; ricordo che solo per un istante mi girai e mi accorsi che le pareti di quel corridoio erano interamente replete di ossute creature simili a falangi, come in un macabro turbinio senza fine si muovevano nel nulla dell'eternità. Scalpitando e in preda all'adrenalina mi fermai appena fuori riprendendo fiato.

Fu così o almeno così credetti, che mi ritrovai immerso in quella spaventevole luce, come fagocitato da quella invera realtà. Fu oltre quel bardo che i miei sensi concepirono una nuova e abominante atmosfera. Lo scenario che si spalancò ai miei occhi esterrefatti fu inimmaginabile, una landa sterminata primeggiava alla vista, quel bagliore di luce che avevo imparato a ricondurre alla mente proveniva da una sostanza bluastra e luminescente. Essa ricopriva viscidamente le pareti e ogni cosa in quel paesaggio. Verso il centro era situato un imponente monumento di forma piramidale poggiante al di sopra di una folta coltre di nebbia.

La struttura, imponente e solenne, nascondeva molti cunicoli probabilmente uniti tra di loro da un canale centrale posto all'interno. Più in là del monumento si sperdeva un orizzonte ancor più epocale: quelle stelle tagliate a metà, che pur un momento avevo già intravisto nella mia visione, erano sparse in ogni meandro dando rifugio alle creature. Il loro aspetto mostrava una metamorfosi di qualcosa che aveva mancato a completarsi. La luce proveniente dalle loro viscere aveva un che di insano. Solo ora ricordo che nelle rocce circostanti scorsi alcuni graffiti raffiguranti degli dèi; creature di una qualche religione umana combattevano contro un arcano spirito primordiale chiamato Agares. Quella sorta di effige nella roccia bruna rappresentava una creatura con vaghe sembianze umane: lunghi denti affilati grondanti un melmoso liquido e delle mani ossute predominate da brutali e disumane unghie.

Questi padroneggiava un tracotante e mostruoso rettile con cui probabilmente si spostava. Nella raffigurazione seguente le creature che incarnavano adesso quegli stessi dèi combattere lo spirito, in una fase di regressione della loro metamorfosi, rassembravano corrotti da una forza maligna che li aveva trasformati in quelle indicibili bestie. In un delirio di inquietudine appuntai queste lettere.

La mia lettura fu interrotta da un rumore simile allo scricchiolare di una roccia che si spostava; in lontananza vidi di nuovo quello strano essere, che avevo seguito, intento ad aprire uno dei cunicoli della piramide. Scosso dall'adrenalina mi scaraventai velocemente sul sentiero per incamminarmi verso la piramide; lo strano omuncolo era ormai sparito oltre il passaggio rimasto aperto.

A questo punto della mia avventura rammento un particolare che mi gelò di terrore. Un volatile simile a un'aquila fissava il passaggio, come un perturbante avvertimento del destino. Arrivato nelle vicinanze di quel che sembrava un artificioso budello, fui invaso da

un putrescente fetore che fuoriusciva dall'apertura. Le pareti erano intrise da un sordido miasma e il fondo non era visibile. Con un balzo mi infilai in esso e scivolando a tratti raggiunsi velocemente il terreno. Quando raggiunsi la fine del cunicolo atterrai su quello che mi sembrò un morbido e soffice talamo. Riaprendo gli occhi dopo l'estenuante discesa una luce alla fine della sala, in cui ora mi trovavo, mi ipnotizzò.

Come in catalessi mi rialzai e con passo prudente mi incamminai. Man mano che mi avvicinavo il luccichio si fece sempre più forte, mi girai solo per un momento per cercare di capire su cosa fossi atterrato e quel che ne divenne dalla mia vista incredula fu atroce. Erano capelli, l'intera sala ne era ricoperta.

Quel che più mi agghiacciò fu che sembravano essere stati strappati con forza da cadaverici cuoi umani. Delirante tornai sui miei passi, il terrore era insito nelle mie vene e il mio corpo faticava ad andare oltre. Immerso in quella malevola sensazione ricomposi il mio senno, ero intento a svelare l'ormai finale visione.

«Shhrhk… chi osa deturpare la tranquillità del mio riposo? Shhrhk… sono forse dunque cambiate le leggi umane che recano cotanto supplizio? Vi flagellerò l'anima… o voi che entrate Shhrhk…»

Questo fu il lamento che riecheggiò nelle mie orecchie e che mi terrorizzò. Mi affacciai oltre il varco ove si sperdeva violenta la luce e proprio lì, nel suo sussiego, un essere indicibile padroneggiava il centro della piramide. Ricondussi subito quelle sembianze a quelle incise sulla roccia:

«Agares? Che regno è mai questo? Ho udito e veduto livide e terrificanti visioni, qui dove il tempo non sembra aver significato».

Con fare solenne la creatura rispose:

«Questo è l'ultimo limbo degli dèi, il luogo dove le anime tormentate dei morti trovano il loro eterno sudario, ma non puoi comprendere le leggi di questo regno poiché il tuo tempo non è ancor giunto!»

In uno dei quattro angoli alla base della piramide vi era un grande ammasso di ossa e viscide frattaglie; molti corpi estratti dal vecchio cimitero venivano preparati da quell'omuncolo che avevo seguito per tutto il viaggio e quindi dati in ad Agares, che famelico ne attendeva il pasto. Altri corpi venivano utilizzati da quelle strane creature senza occhi come involucri di carne per affiorare in superficie con sembianze umane.

Solo adesso infatti riuscivo a spiegarmi quelle orrende tracce di bava gelatinosa presente in molti ambienti. Mentre osservavo la scena fui come invaso da una potente energia che mi sollevò da terra e mi scaraventò con forza verso il centro della piramide, proprio di fronte ad Agares, che con fare arrogante disse:

«Non scrutavo un essere della tua specie ormai da molto tempo; vivo... questo mondo deve rimaner celato, io sono l'ultimo della mia specie... adesso i tuoi occhi mi destano preoccupazione, temo che il tuo viaggio sia terminato, umano».

Intimorito da quelle parole seguitai nell'osservare che

la creatura, con posizioni simili a quelle degli antichi oracoli, principiò a ripetere una sinistra e inquietante litania. Fu così che cominciai a perlustrare visivamente il luogo e notai un piccolo condotto di scolo accanto a quell'ammasso di ossa; con un repentino slancio pianificai di fuggire come un pestilenziale ratto lasciandomi tutto alle spalle. Ma sarei riuscito a raggiungere in tempo quell'increspatura?

Rammento che il condotto era stretto ed emanava un orribile lezzo di morte, provai un dolore terribile nell'accorgermi che le mie unghie si stavano consumando graffiando a mani nude il terreno. Correndo e strisciando mi resi conto che sul finire della strettoia ero finito all'interno di una sacca di vuoto, simile a quelle che accumuli di ossigeno e gas formano sotto le superfici degli oceani. Impaurito velocitai a inoltrarmi non avendo ormai nulla da perdere a parte la vita, la pressione marina in poco tempo mi risputò in mare dove, con indicibili sforzi, raggiunsi finalmente il pelo dell'acqua. In mezzo alle onde mi guardai intorno, la riva irriconoscibile appariva vicina, così allo stremo delle forze, mi avviai verso la spiaggia dove svenni esausto. È qui che i miei ricordi si fanno crespi. Ho ragion di credere che il mio risveglio fu agrodolce:

«Oddio, cosa mai è successo? Le mie meningi sono arroventate, cosa faccio qui? Oh... le mie mani».

Schiarendo la vista e svegliando pian piano gli occhi mi resi conto di essere in quel vecchio bus dove mi ero appisolato; quella casa che da un po' sembrava chiamarmi come il ricordo di una vita passata era ancora lì quieta e serena. Allorché quasi allucinato dal sogno pensai di aver visto qualcuno sbirciare dalle finestre della tenuta. Questa volta dovevo sincerarmi, dovevo capire se all'interno del maniero vi fosse qualcuno. Così in fretta e in furia mi alzai e mi diressi fagocitante verso la casa. Nel lasso di tempo che impiegai per arrivare alla tenuta mi parve di essere intrappolato come in una dimensione estranea e che il tempo avesse ben poco significato. Ma era impossibile solo da pensare.

Mi avvicinai con circospezione e solo ora, appuntando questi fatti all'interno del diario che nei pressi di quel luogo trovai, mi rendo conto di un particolare alquanto perturbante; a pochi passi dalla casa, sul terreno, vi era come un solco nella sabbia e ben presto notai che questa ruga naturale circondava tutta la tenuta.

«Bizzarro», pensai tra me e me.

Delirante mi guardai intorno, ma solo uno sfacelo sconfortante avvolgeva l'eremo di quella mia impossibile posizione temporale. Una statua, che dal cimitero in solitudine sembrava fissarmi, recava un messaggio che così annotai.

Schivo dalle mie elucubrazioni atte a interpretare quelle parole, le lasciai impresse e indecifrate su questo diario. Non avevo mai osato varcare la soglia di quella casa e ora mi sentivo deciso a farlo.

Anche se spesso mi sembra di discernere dai miei sensi come di un assopimento perenne, ora sono desto, anche se il fiato mi sembra artificiale. Più mi avvicinavo al maniero e più il mio essere si faceva pesante. Ricordo che dall'uscio una vecchia e gentile signora ne uscì e con fare saggio mi disse:

«Siete sveglio ragazzo? Non dovreste andar fuori con queste intemperie, mio caro».

FINE

4 settembre 2015

ANDRAS

L'UOMO SENZA ANIMA

Si dice che l'anima sopravviva da qualche parte nel cosmo! Questo era quello che pensava il dottor William Morton, mio caro amico nonché mentore. All'inizio le sue ricerche nell'ambito dell'astronomia avevano meravigliato studiosi e ricercatori, finché a un certo punto il suo lavoro diventò indecifrabile, quasi malato, le sue apparizioni si diradarono al punto che sparì in un alone di mistero nei pressi di *Newcastle*. Almeno così riferirono i giornali. Negli ultimi tempi i suoi discorsi erano diventati insoliti, una specie di delirante follia aveva invaso la sua mente, parlava di presenze, di corpi malevoli che si contorcevano energicamente nel buio.

Che cosa poteva averlo ridotto così? Dopo qualche mese, le lettere finirono e fu allora che iniziai a preoccuparmi. Forse fu solo la mia mente a suggestionarsi a causa delle incredibili circostanze di cui fui vittima e per il fatto che non seppi più nulla, ma un agghiacciante presentimento crebbe dentro di me e la mia mente ne fu schiava. Rileggendo le sue missive mi accorsi di bizzarre coincidenze, strani segni e cancellature si propagavano per tutta la corrispondenza. Come ultimo pegno ricevetti inoltre un piccolo pacco che mi lasciò ancor più stranito.

«Mi chiamo Allan Morris, non ho mai osato raccontare questa storia, quanto ho appuntato in questo mio quaderno di appunti potrebbe avere serie ripercussioni sul mondo, spero che questi scritti vengano cautamente interpretati. Probabilmente è la visione di un folle o forse no, ma il mondo non è quello che tutti noi vediamo...»

Marzo 13, 1886 Atlantic City (New Jersey)

«Con grande entusiasmo ti scrivo mio caro Allan, i miei ultimi esperimenti mi hanno portato a ispezionare una nuova faccia della non materia, un enorme mistero che ha cambiato la mia vita. Queste particelle oscure hanno in sé una grande energia distruttiva, potentissima, ed è stata la chiave dell'inizio! Il preludio universale, capisci? Tuttavia, nel corso delle mie verifiche, ho avuto la terribile sensazione di essere spiato e, oltre a questo, la mia casa è ormai diventata richiamo di qualcosa che proviene da una sorta di altrove.

Strani mugugni si insinuano all'interno delle mie orecchie durante il sonno: il vetro delle mie finestre sembra aver assunto un lurido e opaco registro, come se si fosse impregnato di un blasfemo liquame dalle tonalità ferrigne... Proprio ieri, mentre salivo le scale per dirigermi ai piani superiori, in uno dei miei specchi ho visto un fumo nero che al mio sguardo si è diradato.

Ultimamente ho lavorato molto, forse la mia mente tenta di condurmi al riposo. Da quando la mia amata Marianne è morta mi sono dedicato solo alla ricerca, certe volte ho l'impressione che parli con me, come se mi spingesse a fare i giusti passi per la comprensione dei misteri del cosmo. Lo scrigno che ti ho inviato, oltre ad alcuni particolari elementi, contiene delle istruzioni che potrebbero servirti nel caso in cui, per qualche motivo, non ci dovessimo più sentire o vedere. Sappi che la non materia ha una composizione di cariche negative ed è soggiogata da una specie di elemento che ho chiamato "nulla vivente". Una sorta di organismo etereo della quale ancora sconosco la struttura.

La nostra atmosfera indica il confine indelebile con essa e con tutto ciò che è puramente vivo. Sembra che la sua natura parassitaria assorba a sé tutte le energie positive e le dissolva nell'abisso dell'oscurità cosmica, come in un vortice senza fondo vagano nel vuoto del nulla e si disintegrano.

Con molti sforzi o scoperto un elemento terreno capace di controllare questa sorta di complessione... Porta con te un frammento di Onice. Si tratta di una pietra nera, il cui colore assorbe tutto il resto nel suo abisso di oscurità, così come lo spazio senza sole o senza stelle. Le sue proprietà riescono a concentrare e a emanare il potere dell'unità di tutte le altre pietre e dell'assoluto.

Un'altra cosa Allan, guardati sempre le spalle, non immagini neanche cosa si sia nascosto per millenni dentro quello che noi chiamiamo ombra».

Con affezione,

William Morton

Gennaio 28, 1886 Burlington (New Jersey)

«I giornali non ne parlano più… che cosa sarà successo? Oh William…» Mi rattristai molto della scomparsa del mio amico, avevo impiegato buona parte della mia esistenza agli studi scientifici del dottor Morton, ma da un giorno all'altro tutto mi sembrò così vano, così inspiegabile, qualcosa di terribile era successo e io lo sentivo.

March 6, 1886   VIRGINIA   Vol. 13, N. 169

Modern Times City
"SUSPENDED RESEARCH SCIENTIST WILLIAM MORTON"

«Sarà meglio che mi diriga a casa, troppo tempo in questo caffè, stanotte la luna sprofonda nel suo delicato abisso di tenebra, forse ho bevuto troppo». La routine delle mie giornate era a tratti monotona e dopo alcuni consulti medici mi recavo quasi ogni giorno al *Mercury Coffee*. In quelle lunghe pause la mia mente vagava, si obliava lontana alla ricerca di qualche indizio da ricongiungere al mio rompicapo, come un segugio alla ricerca dell'osso. Il mio *Vermouth* era agli sgoccioli quando vidi il mio bicchiere annerirsi per un istante.

«Ma che diavolo... che cosa succede?»

D'improvviso una voce si pronunciò nell'etere e in balia delle mie reazioni istintive mi voltai spedito.

«Allan, mio caro Allan... è freddo, i miei occhi ritraggono infinito buio, qui in questa sorta di altro dove. La mia anima errante si sta sfaldando e invano cerco di raggiungere le scintille di luce che provano a fuggire al di fuori di questa terribile ombra...
Il mio scrigno, aprilo».

Incredulo ai miei occhi e alle mie orecchie scaraventai a terra il bicchiere che rifletteva l'eterea figura di William. In quegli istanti tutto il mio essere si paralizzò e a stento riuscii a riprendere le mie cognizioni vitali. Mi alzai e persuaso dallo sgomento mi diressi immediatamente casa.

Il mio passo fu svelto e tremante, i miei occhi sbarrati si agitavano con circospezione come alla ricerca di qualcosa. Dopo il primo isolato ebbi la sensazione di essere seguito e ogni anfratto sconosciuto divenne insidioso. Non avevo mai avuto paura della notte, almeno fino ad allora. Con quei pensieri mi introdussi sulla *Taylor Street*, un vicolo che portava al mio vecchio appartamento e da lì a poco arrivai a casa. Durante il tragitto mi guardai spesso alle spalle, con la paura che il fumo che aveva annerito il mio bicchiere per un frangente dovesse rispuntare da un momento all'altro. Davanti alla porta afferrai rapidamente le chiavi, mentre un gialliccio senso di paura invase ogni fibra del mio corpo. Quando le trovai, in fondo alla tasca del mio giaccone di un nero sgualcito, feci un sospiro di sollievo; finalmente ero al sicuro. Con aria smaniosa mi aggrappai con le unghie al consunto portone in legno e appena sulla destra mi guardai allo specchio. Il mio viso era deformato da smorfie di crudo orrore, anche se in fin dei conti non avevo visto assolutamente nulla.

Dopo qualche minuto, controllai i miei nervi e mi riassettai. Il mio rifugio, immerso nel nero tetro, era lo stesso. Dinnanzi a me primeggiavano il salone e il mio vecchio pianoforte: le superfici in vetro riflettevano la luce lunare dalle finestre e il grande tavolo in acero riposava sul finire della stanza oltre il camino, dove la debole calura dei tizzoni ancora tiepidi scintillavano come gli occhi di una demoniaca creatura.

In seguito, accesi il piccolo lume sul tavolo e mi diressi in cucina deciso a voler sorseggiare un po' del mio amato *Moët & Chandon*. Presi la bottiglia e con un pensiero quasi automatico ripensai alla visione, le parole di William mi avevano suggerito di aprire lo scrigno, le iscrizioni... Dovevo assolutamente sincerarmi e fare il da farsi. Mi condussi dunque nel mio studio, dove l'odore polveroso dei miei amati libri mi dava un senso di pace e conforto.

La mia scrivania, invasa da centinaia di appunti e ricerche, era diventata un'enorme discarica di cartacce ed effluvi d'inchiostro. Le lettere del dottore erano frastagliate di appunti che avevo trovato su alcuni antichi libri mesmerici. Alcune di quelle formule matematiche mi avevano portato a capire molte cose sull'universo che ci circonda. Le sue investigazioni si erano spinte ben oltre e molti di quegli indizi mi fomentarono a riesaminare molte delle teorie che avevamo ipotizzato insieme. Sepolto dal ciarpame ritrovai persino un sacrilego libro chiamato *Chronicae Ex Inferis*. Il tomo richiamò immediatamente il mio sguardo e riportò alla memoria alcuni dei ricordi più mostruosi della mia vita. Mentalmente distratto da quelle divagazioni presi il pacchetto e lo aprii. Al suo interno trovai uno scrigno di quarzo nero e degli appunti che recavano alcune diciture in un linguaggio a me sconosciuto. Niente che io potessi repentinamente riconoscere. Oltre a quei documenti riconobbi il frammento di una pietra che identificai subito come *Onice*. Anche se sconosciuto il codice mi era piuttosto familiare e presto avrei potuto desegretarlo. Una delle pagine mostrava una sorta di imperscrutabile alfabeto. Quei grovigli singhiozzanti avevano reconditi significati, illusori interrogativi che volevo a tutti i costi esplicare con l'aiuto degli elementi che avevo a disposizione.

Fu a quel punto che abbozzai una prima traduzione. Qualcosa di terribile febbricitava nella mia mente e il sapere che stavo per apprendere si sarebbe depositato dentro di me come un pericoloso veleno.

A	B	C	D	E	F	G	H	I	J	K	L	M

N	O	P	Q	R	S	T	U	V	W	X	Y	Z

Grazie a questo schema alfabetico decodificai quegli scritti e tutto mi apparve più comprensibile. I fogli erano intrisi di una qualche polvere che con morbosa curiosità mi indussi a esaminare. I risultati di laboratorio confermarono la presenza di materiali comuni presenti nei meteoriti del nostro universo, sostanze asteroidali che erano tuttavia estranee al nostro pianeta. Ne fui totalmente sconvolto. Chiunque avesse toccato quelle pagine era entrato in contatto con una dimensione o una verità perturbante. Una regione affollata da malevoli energie ignote dibattenti in qualche sperduto antro dimenticato dello spazio. Tra i documenti trovai una mappa del *West Virginia* e altre cancellature illeggibili. Da lì a poco i miei pensieri furono più chiari, dovevo seguire le tracce di William, in questo modo avrei potuto dare senso agli ultimi avvenimenti. Intento a interpretare le diciture sulla mappa ebbi la sensazione di essere in qualche modo spiato, la sensazione di panico crebbe irrimediabilmente e quindi mi alzai cautamente. Con circospezione iniziai a ispezionare il buio sereno della mia casa. Tutto sembrava in ordine. Il caminetto, tiepido, era dolce nel suo dormir proprio e i pavimenti brillavano di un tenue scintillio notturno.

Solo un anfratto affogava nello scuro a causa della sfavorevole posizione in cui si trovava. Pensieroso e visibilmente smarrito attraversai il salotto e mi recai alla finestra vicino al piano, fu lì che stramazzai il mio sguardo sul giardino. Il nero fosco regnava. Qualche tuono in lontananza schiariva il tutto per qualche istante, mentre con occhio impassibile perlustrai ogni angolo.

In un momento di acuta disinvoltura borbottai:

«Truce oggi è il cielo! Riesco a percepirlo solo perché so che è sopra di me. Non mi è permesso sapere cos'altro ci sia qui fuori, in un possibile parallelismo dimensionale che non riesco a percepire... Ho un senso di pungente orrore nell'osservare il nulla che non ho da riposar gli occhi».

Ad *Atlantic City* la natura mi era sempre sembrata insolita: il colore degli alberi, il tedioso lamento del vento, il nauseante chiacchiericcio degli ignoti individui. Lo avevo sempre percepito, ma scelsi comunque un'abitazione al centro di tutto questo. Il meraviglioso era mutato in un raccapricciante senso delle cose. Dovevo partire verso *Newcastle*, tutti gli indizi si arrampicavano verso quella città, non potevo più indugiare, la mia mente era propensa a mostrarmi una nuova e degenerante visione. Fu dopo quei pensamenti che mi scostai drasticamente dalla finestra e mi diressi verso la camera da letto. Quando entrai lanciai un debole sguardo al quadro del mio amato *Darren*, l'uomo che vegliava diuturnamente sul mio riposo. Erano passati anni da quando avevo ricostruito la nostra casa, dopo quel drammatico incendio in cui *Darren* morì niente fu più lo stesso. Vagavo tristo e immiserito da qualsivoglia sentimento l'essere umano possa provare. Quella notte mi incupii molto e dopo quei

pensieri mi distesi qualche istante per pensare al da farsi, l'indomani sarei dovuto partire con la prima carrozza e affrontare il viaggio. La mia casa riposava serena nel vento notturno della campagna e i miei occhi si fecero man mano sempre più pesanti. Crogiolato da un dolce torpore mi girai verso la grande finestra che dava sul retro della casa e sbirciai la luna, che, come un gigantesco occhio, illuminava delicatamente gli alberi. Avevo socchiuso gli occhi solo per un istante, quando qualcosa di simile a un fischio svegliò le mie carni.
Fu lì che intravidi lo scintillio.

A quel punto sforzai i miei occhi fino a vedere come un sogghigno immerso nella tenebra. Pazzamente rideva e sbeffeggiante si muoveva, anche se non potevo ben identificarne il corpo riuscii a seguire vividamente l'immagine di quel sarcastico sorriso, che con movimenti inumani passeggiava nel buio sudario notturno. Quella tremenda aberrazione mi atterrì, mi paralizzai in posizione fetale e al limite della sopportazione umana i miei muscoli si irrigidirono. Nelle mie orecchie riecheggiò quel fischio abnorme per un tempo che non riesco più a definire e il mio cuore produsse una sfrenata aritmia. Allora piansi, fino a che improvvisamente la stanchezza mi condusse a una profonda catarsi.

Albeggia, il torpore della notte e l'angoscia delle sue immagini mi avevano indebolito e svilito, fu con quell'animo che mi alzai. In piena trepidazione cominciai a raccogliere le mie cose, radunai le mie ricerche, alcuni vestiti e mi precipitai alla porta. Con il giorno ogni male sembrava non esistere. L'aria pungente del mattino mi investì e pareva saper di buono...

Dopo i primi respiri mi risollevai d'umore e senza indugio mi fermai ad aspettare il landau che da lì a poco sarebbe arrivato.

«Siete voi Allan Morris?», urlò bruscamente il conducente.

«Si, per *Newcastle*? Eccomi», risposi rinvigorito.

Con me portai la piccola cartina che William mi aveva mandato e che indicava la posizione che avrei dovuto raggiungere. A quale fato ero destinato?

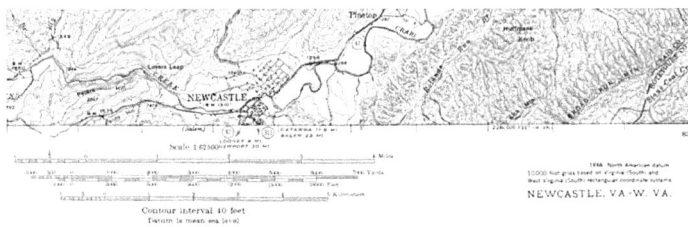

Dopo aver riposto il mio piccolo bagaglio entrai nella carrozza e presi immediatamente visione degli altri passeggeri. Con fare sereno mi sedetti difronte a loro e dopo un tiepido saluto tacqui. Alla mia sinistra sedeva un uomo anziano, mentre alla mia destra vi era una virtuosa ed elegante donna con vesti molto fastose.

«Haaah... siamo in partenza signori».

Sbraitò nuovamente il conducente; la sua voce mi fece una brutta impressione e così come lo scricchiolare della carrozza sul terriccio mi agitai oltremodo. Come in qualsiasi altra occasione la mente di un uomo è votata all'indago di tutto quello che lo circonda con spirito di analisi, fu così che senza volerlo mi incitai a inquisire la mia mente con domande riguardo la mia compagnia.

«Huhmr hem... felice giorno a voi signore», esclamò l'anziano uomo sulla sinistra.

Risposi con voce debole e continuai a fissarlo, mentre con disinvoltura si ripose a guardare dal finestrino. Mi diede subito una seria impressione. I suoi abiti mi apparvero come impolverati, i pantaloni sdruciti erano di un nero sporco e un vecchio giaccone dai colori appassiti si propagava lungo sino agli stinti scarponi. Il suo aspetto rassembrava stanco ed emaciato, come di chi in punto di morte riesce a contemplare qualcosa al di là del nostro mondo e ne rimane sconvolto e sinistramente turbato.

Alla mia destra vi era invece quella donna che non aveva osato proferire parola, lo sguardo immobile sulla veduta e quegli abiti così regali mi intimorivano. Il suo colorito pallido e cadaverico era poco naturale: gli zigomi appuntiti e i capelli di un rosso vivo erano decorati da degli occhi grandi e incavati. Non riuscivo ben a intendere, per quanto mi sforzassi, il motivo del suo viaggio per un tragitto così lungo ed estenuante. I miei pensieri furono interrotti da un improvviso urto causato dalla strada dissestata che stavamo percorrendo.

Tormentato da quelle riflessioni erano passate ore dalla partenza e la luce del meriggio iniziava a sparire per dare spazio all'angosciante lanterna della sera, che con fare acquiescente si avvicinava. Avevo un certo timore a passare la notte in loro compagnia, ma non avevo alcuna alternativa. Oltre a un piccolo lume posto su una nicchia accanto a me, l'abitacolo della carrozza scomparve nel buio e i miei compagni di viaggio si eclissarono nello scuro inanimato. Dal rumore corporale che emanava l'anziano signore intuii che questi era assopito nel sonno, mentre alla mia destra tutto taceva. Cercai di sgomberare la mente da ogni timore e in balia dello sconforto mi costrinsi a riflettere sugli scritti del professore. Osservando il buio territorio che stavamo attraversando mi interrogai sul mistero della *non materia*. In molti saggi, William sosteneva che si trattasse di una qualche forma vivente compattata in sé stessa e quindi completamente opposta alla materia percepibile. Dopo questa riflessione giunsi a un'inquietante teoria.

Il nostro universo è tuttora formato da due grandi elementi: le particelle nere e quindi tutto ciò che noi vediamo come oscuro è non materia. Secondo gli antichi saggi d'un tempo essa racchiude in sé quello che rimane dell'essere umano dopo la sua morte. Nel caso questi sia stato un essere malevolo queste cariche negative ne attirano e intrappolano lo spirito. A queste sono contrapposte le particelle blu, che noi conosciamo come materia di luce e che compongono gli strati dell'atmosfera terrestre.

Queste cariche positive attirano in contrapposizione le anime buone che brillano nell'infinito scenario cosmico. Quanto dedussi da quei semplici ragionamenti mi sconvolse, poiché a quel che conosciamo attraverso le teorie scientifiche, le cariche positive rappresentano un'irrisoria presenza nell'universo. Da lì a poco pensai a tutto quello che, astioso, si scatenava da tempi immemori nel siderale abisso del vuoto cosmico. Anime rabbiose di innumerevoli larve infernali si nascondevano proprio lì, nella pacifica notte, intrappolate da una sottile linea. Paragonai il tutto a un'immensa bolla di sapone che circonda l'umanità, con un confine posto probabilmente in un punto situato alla fine dell'esosfera terrestre... E dunque, laddove lo strato è più debole, alcune volte quell'universo crea una spaccatura e si riversa nel nostro mondo, creando una dimensione inumana abitata dalle anime tormentate dei morti. Dopo quell'indomabile cogitazione cercai di frenare i miei pensieri per un momento, al fine di non impressionare oltre la mia mente e non turbare oltremodo la mia debole psiche.

Nel contempo sul landau tutto taceva e per svagare un po' il mio umore mi apprestai a guardare il fresco panorama della periferia. Pochi grandi alberi solitari spezzavano l'incavato scenario e alcuni cenni di pioggia sembravano insistere dal cielo. Disperso tra quella natura morta iniziai di nuovo a scorgere quell'infernale sogghigno che tanto mi aveva scosso proprio fra quegli alberi.

«Gharr oohf, no, non può essere».

Sconquassai e irrigidii ogni muscolo per lo spavento e proprio in quel momento una mano diafana e rugosa uscì dalla mia destra:

«Non agitate e non temete mio caro, non sono che lucciole, sorridenti dolci animali della notte.
Non disperate e dormite, fra poco sarà l'alba...»

Quelle parole e quel contatto mi provocarono un dolce e quieto torpore alle tempie, per cui mi addormentai con effetto immediato. Il confine fra sonno e sogno è molto labile, così senza aver notato differenza seguitai subito a sognare. Come all'interno di una pellicola cinematografica

dell'ormai illustre *George Eastman* fui traslato in una realtà parallela improbabile. Sognai di un posto isolato e inondato dalla pioggia, un luogo solitario con una strada attorniata da alcuni pini, che nascondevano un arido sobborgo di case. Con circospezione iniziai a perlustrare la zona quando, ormai pregno di pioggia, mi decisi a entrare in una piccola stamberga che intravidi quasi subito in fondo alla strada.

«È permesso a un viandante di soggiornare per qualche breve istante?», domandai con tono rispettoso.

Mi rispose in lontananza una gracile e tarda vecchietta:

«Oh, certo, eccomi a voi! Posso aiutarvi buon uomo? Sono la signora Parker». Mi sorrise bruscamente, ma la sua voce mi rassicurò, aveva un che di buono negli occhi. «Avete bisogno di una camera signore? Oh, vi prego, attendete qualche istante per favore, debbo controllare mio marito, ha sempre più acciacchi ultimamente».

Dopo quel piccolo intermezzo mi accomodai a un tavolo e iniziai a ispezionare il posto. Era lacero e antico: dei quadri appesi alle pareti contornavano il camino; scene per lo più di caccia, il soffitto era in legno e il bancone oltre il quale mi rispose l'anziana signora era invece ben messo.

Nel giro di alcuni istanti iniziai a sentire dei mugugni provenienti dalla porta dietro il banco. Non era più tornato nessuno a occuparsi di me, così mi insospettii e cominciai ad avvicinarmi... Mi insinuai oltre la porta e approcciai immediatamente le scale che davano sul seminterrato:

«Signora Parker, tutto bene? È qui? Signora Parker? Mi è consentito entrare...»

Con queste parole arrivai sino alla fine delle scale dove una scena abominevole si spiegò orrida ai miei occhi. Macchie di una strana lordura arrivavano sino al letto, l'anziana donna era inginocchiata e legata ai polsi con dei pezzi di spago alla ringhiera del giaciglio, proprio accanto al marito, che con un grosso coltello ne estirpava le carni per poi nutrirsene ingordamente. Il sangue purpureo padroneggiava il pavimento. Nel corso di quell'abominio mi accorsi che il signor Parker aveva dei lineamenti corporei inumani. La mano, che totalmente infilzava e tratteneva il corpo dell'anziana, sembrava essere diventata un aculeo, gli occhi avevano raggiunto un'indemoniata tinta rossiccia e le ossa della schiena erano cresciute a dismisura affiorando viscidamente sulla pelle. Qualche orrorifica cosa pareva possederlo... Non feci in tempo a vedere altro, poiché uno sbatto causato dalle ruote in movimento mi svegliò dal più malsano degli incubi.

In piena agitazione aprii gli occhi, mentre l'uomo alla mia sinistra aveva cercato invano di svegliarmi:

«Signore, state bene? Ho cercato di rinsavirvi, ma rassembravate come immerso in una velenosa catalessi», disse con fare preoccupato.

Alla mia destra, invece, la signora era sparita. La carrozza si era fermata per una breve pausa e sicuramente era scesa; uscii da quell'abitacolo come dal più pestilenzioso dei posti. In aperta campagna il sorriso del mattino mi rassicurò, un pallido sole all'orizzonte combatteva tra le nuvole e le mie meningi cercavano riposo.

Mi ero appena seduto su di un masso, quando intravidi la donna passeggiare accanto a degli alberi. Fu lì che mi lanciò uno sguardo complice che non capii o forse non volli intendere. Qualche istante dopo il conducente ci richiamò per continuare il viaggio. Fra tutte quelle stranezze notai qualcosa di anomalo nel cocchiere: lo vidi fisicamente cambiato, i suoi occhi erano diversi, il tono della sua voce era più scuro e pareva essere più in carne sotto il lungo cappotto. Smisi di fissarlo e frettolosamente montai sul landau.

Ormai non mancava molto, qualche altra ora e saremmo arrivati. La mattina trascorse tranquillamente e prima che potessi prenderne atto arrivò nuovamente il pomeriggio. Il buio agre ritornò a invadere la campagna e mentre attraversavamo un lungo viale alberato, i cui rami si intersecavano da ambedue le parti ad arco gli uni sugli altri, iniziammo ad avvertire dei fischi. Frequenze inverosimili sfrecciarono nell'aria da lunghe distanze, acute querimonie che mai dimenticherò arrivarono sino alle nostre orecchie, fino a che uno scrollo improvviso rallentò e sobbalzò la carrozza costringendola a fermarsi.

Uscii a fatica dall'abitacolo...
Un lato di essa si era incastrata fra i rovi e avevamo perso una ruota. Il conducente era svanito e con molta difficoltà ripresi i sensi cercando di dare i primi soccorsi. Abbastanza presto mi accorsi che il vecchio uomo era stato trafitto da un grosso tronco d'albero, parte della testa si era frantumata sul sedile e il ramo, che usciva in prepotente modo dalla bocca, ne aveva flagellato la fisionomia. A questo scenario rabbrividii, mi girai velocemente per non subire lo sfacelo del corpo, quando davanti a me vidi un'altra sagoma in una pozza di orrendo

viscidume. Si contorceva e dimenava energicamente, i suoi arti ruotavano in modi inconsueti e il suo viso irradiava una sacrilega e folle risata. Quando la vecchia donna mi vide, cominciò a incamminarsi verso di me in posizione canina digrignando rabbiosamente. A quel punto raccolsi le ultime energie e in preda alla follia scappai a gambe levate. Corsi finché il fiato mi mancò e non ebbi altra scelta che accasciarmi a terra. Non ricordo per quanto tempo corsi, ma ogni distanza mi apparve raggiungibile e ogni realtà intangibile. Quando mi rialzai, schiarii gli occhi e alla mia destra scorsi un'insegna che recava la scritta *Newcastle*.

La mia mente era arroventata da mille interrogativi, quei sogni, quelle apparizioni, che cosa mi stava succedendo? In che realtà mi stavo addentrando? Farneticazioni della mia mente e nulla più pensai. Del resto, come avrei mai potuto spiegare quei mostruosi accadimenti. Quando finalmente entrai in città rimasi per un istante a osservarla. Era una piccola cittadina come tante qui in America, l'aria cupa e pesante si infittiva a ogni passo e un ossessivo silenzio regnava in tutto l'eremo. Il cielo, di un demonico colore, osservava ogni mio respiro come da un'altrove. Arrivai su una strada sterrata e da lì scorsi un sentiero che mi immise verso quello che presunsi fosse il centro abitato.

Era solinga, le porte serrate e malridotte si avvicendavano in un'infinita moltitudine tombale. Nessun chiacchiericcio si udiva dai sobborghi e quei prati marcescenti avevano un che di insalubre e maleodorante. Inoltrandomi attraverso una delle vie centrali, credo la *Salem Ave*, incontrai sulla sinistra una chiesa dalle facciate a mattoni di un rosso smunto ed esangue o almeno così credetti.

Una bianca e pronunciata torre consunta di forma piramidale padroneggiava proprio sopra il tetto a spiovente e all'ingresso, oltre la scalinata, vi era un corposo portone che recava un'imbrattatura di tipo ecclesiastico.

Riconobbi immediatamente quel linguaggio, gli scritti di William ne erano pieni. Sentivo di avvicinarmi sempre di più alla verità o a quella che credevo esser tale. Con calma apparente continuai a camminare, la città era deserta, come se gli abitanti fossero stati evacuati o inghiottiti in chissà quale baratro misterioso. Dalla posizione delle cose ne dedussi che tutto era accaduto in poco tempo e con massima sorpresa dei cittadini. Congiuntamente a quei pensieri un rantolo innominabile arrivò alle mie orecchie.

Proveniva da una piccola stradina che si intersecava alla *Salem Ave*, mi avvicinai con avvedutezza e intravidi dapprima una pozza di un rosso tenebra, il cui fluido saturava copiosamente il terreno, poi alzando gli occhi ormai increduli vidi quello che mi sembrò un uomo cosparso da una polvere che mi apparve familiare. Era appeso a delle travi di legno, gli occhi erano stati recisi e una delle assi trafiggeva dal basso lo sterno. Lo spettacolo fu ripugnante e dopo pochi secondi smisi di perlustrare quelle orribili frattaglie per cercare di non perdere il senno e abbandonarmi così ad atti di follia. Successivamente a quella scena ritornai sulla *Salem Ave* e iniziai a camminare con passo spedito, la giornata si protraeva all'imbrunire e la luce naturale si stava esaurendo. Il mio obbiettivo primario fu quello di trovare un posto per passare la notte o quantomeno qualcuno che potesse darmi spiegazioni su quello che stava accadendo. Quando arrivai sulla piazza principale trovai un'atmosfera selvaggia e una squallida stamberga illuminata da alcuni badili di carbone incandescente, la *Dreamer's Ball House*.

Per un attimo risollevai il peso del mio umore, poiché la vista di un possibile rifugio mi infuse speranza. Senza alcuna esitazione mi incamminai, cercando di non cader vittima delle mie inconsulte intuizioni logiche. Ancor prima di procedere mi girai un istante per prendere atto del grigio eremo che assopiva la piazza, la malsana solitudine del luogo mi sbigottii e la stessa aria divenne quasi irrespirabile. Senza altri indugi entrai: le sedie sparse a losanga mi diedero un senso di smarrimento e il poco bizzarro arredamento era ormai in malora. In fondo alla stanza intravidi una figura giacente su di un tavolo e con circospezione mi avvicinai. Fu a quel punto che riconobbi i vestiti del conducente della mia sventurata carrozza. L'uomo appariva disorientato e i cambiamenti fisici che avevo notato durante il viaggio non erano solamente delle mie distorsioni visive, qualcosa era cambiato. Avanzai lentamente, fino a che abbastanza vicino lo riconobbi pienamente. «Restate dove siete», disse l'uomo rompendo quell'aura di eterno silenzio che mi aveva accompagnato in quell'infausto peregrinare. Ero in qualche modo confortato nel rivederlo, ma il mio gaudio durò poco.

«Siete arrivato finalmente... vi stavo aspettando. Questa terra non ci appartiene; le anime nere sanno che siete qui e a loro voi non piacete signor Morris...»

Quelle parole rimbombarono nell'aria. La sua voce non sembrava essere la sola a parlare, qualcosa di insano nuotava dentro di lui, qualcosa di corrotto lo aveva avvelenato.

«Di cosa state parlando? Spiegatemi dunque cosa accade in questi luoghi! Ho visto infernali esseri che in forma umana si dimenano attraverso baratri di irreale follia, ho scrutato ombre all'interno della stessa tenebra che ho fatica a riconoscere di essere ancora sano di mente... vi prego, ditemi».

Quel delirante discorso non smosse l'incongruo sguardo del cocchiere che continuò a fissarmi con un maniacale quanto farneticante sorriso.

«Non avete ancora capito? Quello che vedete nell'ombra è vivo e vuole la vostra anima! Dacché l'uomo esiste, egli ha sempre avuto paura di essa, poiché è la chiave di una dimensione che respira, desidera, pulsa. Questo luogo è caduto, signor Morris. Il dottor William mi aveva messo in guardia riguardo a questa città, continuava a ripetermi che quel mondo voleva inghiottire quest'altro ed è qui, infatti, che tutto è iniziato!»

Rimasi perplesso e insistetti:

«Mah, conoscete William?
È iniziato? Che cosa è iniziato?»

Mi sbigottii alquanto nel sentire le sue parole, così con fare cauto mi sedetti lentamente al suo cospetto.

«Tutto ebbe iniziò con l'eclissi lunare. Quel giorno tutta la città fu avvolta da una folta coltre di ombre e oscurità, la gente cominciò a comportarsi stranamente, farneticava follie impossibili, ben presto le strade brulicarono di efferati omicidi e il sangue fu solo un macabro contorno. I corpi iniziarono a distorcersi in modo orribile e pian piano si accartocciarono in ripugnante verso. Quegli ammorbanti involucri di carne si eclissarono infittendosi oltre gli angoli più bui della città, come se riuscissero a oltrepassare il vuoto, come se la loro anima fosse stata distrutta da un pestifero spirito che riusciva a imbalsamarne il corpo. Furono loro a permetterlo, i custodi della morte».

Alla fine di quel discorso l'uomo cominciò a sillabare lentamente, finché smise definitivamente di parlare. Inorridito mi alzai rapidamente, poiché una lordura nera e viscida iniziò a sgorgare dalla sua bocca, un liquido animato che invase gradualmente tutta la superfice del tavolo. Il corpo di quell'uomo sembrò stropicciarsi internamente e brandello dopo brandello si dissolse come fumo nero. Con un ultimo spiffero di voce disse:

«Fuggite, finché la luce vi protegge... non aspettare che sopraggiunga la notte... scappate... loro torneranno...»

Quelle parole affogarono tra i miei timpani, così in pieno affanno mi avvicendai subito all'esterno e proseguii con passo affrettato. Quando uscii dalla piazza cominciai a scorgere alcune zone d'ombra che gli angoli per loro natura creano. Mi impressionai subito, poiché le parole del conducente non avevano lasciato alcun dubbio. Dovevo trovare un riparo e dovevo farlo alla svelta. Non riesco a descrivere cosa vidi esattamente in seguito, ma appena dopo il tramonto un tremendo puzzo si abbarbicò in ogni dove e appestò l'intera città. Il sole, affievolendosi, creò fra le nubi un innaturale e triste presagio che in

94

pochi hanno osato ammirare... Le strade non sarebbero rimaste sicure ancora per molto e in preda al panico entrai nella prima casa che incontrai. In un istante, un purpureo colore invase il cielo e lo scuro iniziò a inghiottire il mondo, insieme a esso scomparvero gli ultimi residui della mia logica. Quando arrivai sul tetto provai a perlustrare le strade che potei osservare da quella posizione. Neri corridoi, fosche venature di tetro sconcerto si propagavano infinite e silenti.

Le schegge di vento che soffiavano da nord bisbigliavano un carme onirico che ancora adesso mi sembra di intuire nelle notti più scure... Dubitai persino della mia vista quando più tardi iniziai a scorgere nell'ombra delle strade qualcosa di ancora più terribile. Sordidi graffigni e abominevoli rantoli che solo una qualche ironica divinità avrebbe potuto, forse per sollazzo, creare. Una sterminata orda di creature fece capolino dal chiaroscuro e la luce delle stelle svelò a tratti lo scintillio osseo di membra lise e consunte da millenni di sfacelo ininterrotto.

La consapevolezza oculare di quello scenario mi procurò un senso di forte apprensione, anche se d'improvviso tutto si tacque. Cosa credetti di vedere? Non ne sono poi così certo, dunque mi limiterò a scrivere cosa sono sicuro di aver visto... Anche ora che i ricordi si appannano lo rammento con fermezza. Nell'angolo più buio del tetto un vortice simile a un buco nero si aprì e da quel vuoto sopraggiunse una voce:

«Allan, mio...? Cosa cerchi là fuori? Non disperarti per il mio destino; l'incendio... non è stata colpa tua... ero solo quella notte e la paura ha avuto la meglio... in un attimo le fiamme si sono propagate e io... non ho fatto in tempo a uscire... Mi sono assopito... Al mio risveglio ho vagato in questo limbo, finché un giorno, ma non so dire che giorno, mi sono ritrovato in questo strano luogo che inghiotte le anime. Ho scelto di non seguire la luce blu per poter vegliare sui tuoi passi... Voglio che tu fugga via da quella città il più in fretta possibile... I custodi stanno per tornare. Li riconoscerai non appena li vedrai per il loro terribile aspetto. Schiacceranno e divoreranno qualsiasi cosa vi si pari dinnanzi, sentono la paura dell'uomo e ne sono ghiotti... Io li chiamo mangiatori di buio».

Fu quella notte che morii dentro!

«Darren... Darren?»

Invano urlai contro quel vortice. Continuai a sbraitare a squarciagola come un animale ferito, quando qualcosa di spaventoso rispose alle mie urla. Dal vuoto singhiozzante di quella dimensione, una figura simile a un sacrilego sacerdote si fece spazio attraverso un turbinio di sangue e membra flagellate. Le gambe, sprovviste di piedi, poggiavano direttamente sulle ossa con agili movimenti e si conficcavano senza alcuna fatica sul terreno paludoso che si stagliava a grandi spazi dietro di lui. In pieno sgomento presi coraggio e mi avvicinai al portale per provare a ispezionare quel mondo.

Quando ne sfiorai la superficie la pietra di *Onice* che avevo in tasca si infuocò di un verde esanime, lacerandomi i pantaloni e ustionandomi la pelle. Quella regione era turpe e inquieta. Alcune creature senza bocca mi scrutarono da baratri nascosti, mentre il mangiatore di buio che avevo imparato a riconoscere si avvicinava con tracotanza, flagellando e scuoiando ogni essere sul suo cammino. Lo scenario apocalittico durò ancora per poco, poiché la pietra che nel frattempo avevo scaraventato a terra si illuminò e chiuse il buco in un lampo assordante.

Fu in quel modo che compresi il potere dell'*Onice*. Il dottor Morton mi aveva fornito le armi per affrontare tutto ciò? Potevo usarla come uno scudo? Ma per quanto tempo? In preda a quelle riflessioni percepii un forte senso di protezione, forse le energie vitali di Darren e William mi proteggevano da chissà quale dove. Con quel senso di difesa o forse di follia mi scagliai sulla strada sfoggiando in alto la pietra. Ero deciso a fuggire da quella città il cui nome non ho più osato pronunciare. Ricordo ancora i serrati passi che feci in mezzo a quelle creature nauseabonde, quel digrignare continuo che non ho più dimenticato, quell'affannoso strascico che solo un essere inumano può emettere...

Con gli ultimi stralci di coraggio procedetti sulla *Salem Ave* e provai a ritornare sui miei passi. Il cammino fu pieno di abomini squarcianti che mi annusavano, mi desideravano: quei corpi emanavano un decrepito lezzo di eternità e il sentiero, sudicio di luridi rimasugli di pelle, si mostrava ormai breve al capolinea. Man mano che arrivai verso l'ingresso della città gli esseri diminuirono, come se fossero circoscritti da un confine indelebile che li intrappolava. Verso la fine notai un immenso vortice che si spalancava verso ovest, l'oscurità che emanava era spaventevole e con circospezione mi avvicinai.

Il portale padroneggiava sui resti muti di una città ormai alla deriva. Fu a quel punto che raccolsi le mie ultime energie e avvicinandomi abbastanza provai a sigillarlo.

La pietra mi avrebbe aiutato? Con mio rammarico mi accorsi che le energie malevoli che popolavano quella dimensione mi bramavano e l'*Onice* sembrava affievolita. In un attimo fui trascinato al suo interno e invano tentai di aggrapparmi alle sterili erbacce sul terreno. Quel viaggio extratemporale disintegrò ogni molecola del mio corpo e il tempo stesso non ebbe più alcun significato.

Dopo un lungo assopimento che non riuscii mai a quantificare mi risvegliai all'interno di una strana realtà che mi confuse oltremodo. Il muto paesaggio che mi trovai dinnanzi non mi lasciò alcun dubbio. Provai a urlare, ma le mie corde vocali non proferirono alcun suono. Le leggi naturali di quel luogo erano alquanto diverse e il mio sapere in merito era digiuno. L'inerte vegetazione mi apparve composta da *Cianite* e la superficie carbonacea mi trasmise un forte senso di spavento. Questo era l'altro dove? L'impetuoso mondo delle anime inquiete?

Forse Darren e il dottor Williams si trovavano da qualche parte là fuori. Con molta probabilità gli scritti che avevo ricevuto contenevano polvere residuata di *Cianite* e altri materiali che ancora sconoscevo. Non feci in tempo a compiere questi pensamenti che fui raggiunto da alcune voci che provennero da un luogo in lontananza, oltre una grigia brina che riuscii a contemplare a circa trecento piedi da me. Le due figure si avvicinarono con cautela e appena a una manciata di passi riconobbi incredulo le loro fisionomie.

«William? Darren?
Finalmente, sono così felice di rivedervi...
Darren...»

Inutile sottoscrivervi come sobbalzò il mio cuore dopo quell'incredibile incontro, anche se quel pallore di felicità durò poco. Quando mi avvicinai notai subito qualcosa di anomalo e in pieno affanno mi scaraventai su di loro come a volerne sfidare il tocco. Con il cuore calpestato dallo sconforto mi resi conto che le due sagome si sbriciolarono al suolo come umida argilla e con esse si dissolsero le mie illusioni.

Quel posto riusciva a usare le mie paure e i miei desideri a suo favore? Nell'irrita composizione morfologica del territorio il nulla regnava sempiterno, così vagai e ancora vagai finché l'inevitabile sfinimento mi colse e mi affievolì pian piano in un dolce abbraccio.

Quando ripresi conoscenza il paesaggio era nuovamente cambiato.

Questa volta i colori erano più vivi e le stalagmiti di cianite che crescevano su quel suolo grondavano un temibile liquame rossiccio. L'intero panorama irradiava una sacrilega luminescenza purpurea e alcuni sottili strati di sostanze gassose svelarono verso est alcune strutture pendenti di forma ellittica. Con molta fatica riuscii a rialzarmi e mi incamminai con passo malfermo verso quelle strane costruzioni, sempre se tali potevano essere.

«È dunque vero che un uomo in fin di vita riesce a vedere cose che nessun essere vivente può percepire?»

Borbottai, anche se nessun suono proferì dalle mie corde vocali. Man mano che mi avvicinai ogni anfratto cominciò a scomparire e i miei occhi furono invasi da un'accecante luce bianca, una tinta nivea e fredda...

«Signor Morris, vi siete svegliato finalmente, sono il dottor Reed, siete rimasto in coma per diversi giorni, ditemi, da quanto tempo soffrite di sifilide? La notte del 13 marzo siete stato trovato riverso in una stradina all'angolo con la *Taylor Road*, nei pressi del *Mercury Coffe*. Alcune parti del midollo spinale e del cervello sono state compromesse da una forma di neurosifilide, gran parte dei vostri sensi sono stati danneggiati, sono spiacente di comunicarvelo».

La prima voce che ascoltai quella mattina mi arrivò ai timpani come un colpo di rivoltella.

«Si dice che l'anima sopravviva da qualche parte nel cosmo... Mi chiamo Darren Morris, gli eventi narrati in questo quaderno di appunti hanno sconvolto la mia intera esistenza e mi domando il perché di molte cose. Come ho fatto a scrivere tutto ciò? Dov'è Allan? La mia malattia ha veramente creato una realtà così fittizia e inquietante? Perché ho questo corpo? Chi sono? Perché nello specchio appaio nelle sembianze di Allan? Sono già prigioniero di un altro incubo? Oppure... chissà».

FINE

23 marzo 2016

MUMIAH

LE ALI DI MUMIAH

– Genesi I

In principio: la terra, vuota e oscura. Una qualche sconosciuta Entità ebbe a creare per sollazzo l'acqua, il fuoco, il buio e l'oscurità. Le cupe manifestazioni dell'ombra dilagavano sul creato bulicante e incommensurabile.

L'aria gelida e inospitale era appestata da innominabili piagnistei di cose inumane e presenze impronunciabili. Le tenebre riservavano rifugio a esseri di buio e di puro spirito poco interessati alla stessa concezione di ciclo vitale in quanto sempiterni. I Djin, figli della cruda terra, spadroneggiavano con il loro truculento dominio sicuri del loro potere. Attraverso degli arcani incantesimi erano riusciti a concentrare il potere cosmico in nove cristalli che intrappolavano al loro interno le forze naturali del tutto.

Quando la suprema Entità decise di creare l'uomo a sua immagine e somiglianza, si scagliò contro tali aberrazioni e disse: «Sia fatta la luce!» I Djin tentarono una lotta contro quell'onnipotente essenza, ma dopo un'impietosa sconfitta furono scaraventati all'interno d'un limbo, una dimensione vuota e incorporea. Dopo quest'ultima fatica l'Entità stabilì un delicato equilibrio tra le forze del bene e del male, ma a causa del libero arbitrio l'inferno terreno divenne ben presto una realtà spietata... Dopo millenni di assopimento i Djin trovarono un modo per fuggire dalla dimensione incorporea che li intrappolava ritornando sulla terra sotto forma di buio spirito. Attraverso i loro poteri riuscirono a corrompere le anime dei mortali inclini per loro natura al male e se ne impossessarono. Soltanto le creature di luce, sanguemisto e per metà umani, ebbero accesso alla terra e salvaguardarono parzialmente gli esseri umani da quel male assai temibile.

Nel corso dei secoli i Djin si impegnarono per ritrovare i cristalli sparsi in giro per l'universo, nel subdolo tentativo di ritornare al loro antico potere. L'ultimo cristallo, il nono, si trovava sulla terra, nelle mani del figlio di un falegname che morì all'età di trentatré anni. Dopo la morte di quest'ultimo le tracce del potente cristallo svanirono nel nulla oltre il muto silenzio del tempo.

I cavalieri del sacro ordine della bianca fenice custodivano da tempi ormai remoti questo segreto, sin tanto che furono molte le anime che portarono nella tomba questo dovere sin dalle ere più antiche.

Da Roma, si levò un cavaliere conosciuto con il nome di Rainey, il cui potere spirituale era legato alla divina costellazione di Mercurio, un vecchio comandante di altrettanti gloriosi eserciti. Dopo la congiura e successiva strage della propria famiglia, avvenuta per mano dei Djin, aveva dimenticato ogni forma di esistenza ed era scomparso misteriosamente oltre una specie di oscuro bardo.

Anno 1000 d.C.

– Esodo IV (la notte degli eventi)

In *Moldavia* qualcosa di strano era in corso. La gente del posto affermava di vedere sconcertanti movimenti nel buio, livide urla nella notte si rincorrevano come musica tra i sobborghi umani ancora persistenti. Quasi tutto il bestiame era morto e i bambini sembravano essere affetti da una forma di catalessi che li rendeva insensibili alla luce. Il seme dell'apocalisse stava inevitabilmente sbocciando e le forze del male erano intente a portare a compimento il loro pestifero gioco sull'umanità... I Djin spadroneggiavano su una terra in tumulto con l'obbiettivo di ricercare quante più anime possibili per corromperle e assoldarle nei loro eserciti di buio.

Per far fronte alla terribile minaccia Papa Silvestro II aveva ordinato a Roma una riunione del sacro ordine della bianca fenice. Tuttavia, Rainey, disertando ancora una volta alle richieste papali, non si era presentato all'appello...

«Tempi duri ci aspettano, l'equilibrio è stato violato e le nostre menti sembrano così impaurite dall'immonda orda nemica che ci sorveglia dal buio... le battaglie sono ormai vicine e la preghiera a nostro padre è ancora più cara in questi momenti», disse il Papa emerito con speranza.

Nel frattempo, un corvo bianco entrò nella stanza del conclave e si posò sul *trono di Pietro* come per annunciare l'arrivo dell'ultimo cavaliere dell'ordine. Un'opaca luce avvolse l'uomo a cui le porte furono spalancate dalle guardie all'entrata.

«Per il cielo Rainey, è Rainey», sussurrarono mestamente le prime file.

«Cosa mai succede in questo nefasto giorno, sono forse scoccate tutte le frecce che purificheranno le vostre anime da questa indegna vita?»

Urlò il cavaliere con tono di sfida.

«Moderate la vostra arroganza soldato, forse dovreste recar maggior rispetto alle mie vesti... dite piuttosto, potete riformare il vostro esercito?»

Ribatté Papa Silvestro con tono saccente.

«Se i vostri uomini sono degni di fregiarsi di questo appellativo, forse, potrei mettere su qualcosa, vicario...»

Nel frattempo, erano giunte voci inquietanti persino dalla *Bucovina*, una sorta di peste dilagava fra quelle lande incancrenite da mirabili ombre e a ragion di ciò l'esercito papale ebbe il compito di indagare su tali concussioni. Dopo un necessario rifornimento nelle armerie, la squadra fu pronta e Rainey poté finalmente sguainare l'*Adrews*, sua fedele spada. Poco dopo partirono alla volta di *Borgo Pass*. Durante i giorni di marcia alcune visioni rimbombarono nella sua mente, la straziante voce del figlio Christopher attanagliava i suoi pensieri e lo avvertì di tristi presagi che da lì a poco sarebbero accaduti. D'un tratto, una voce squarciata interruppe i suoi pensamenti.

«Comandante, comandante... osservate!»

All'orizzonte si scagliava un purulento scenario.

«Per Mercurio, quella deturpante città è *Borgo Pass*?
Che diavolo è successo all'aria? Squadra! In coperta».

Quando i soldati si avvicinarono al passo furono raggiunti dal malvagio echeggio di qualcosa che sommessamente farneticava nell'oscurità. L'eremo, dalle tonalità verdastre, sembrava percuotere pesantemente la città con la docile calma che si addice a un moribondo.

«Signore... guardate, da quella parte e anche laggiù! Si muove, qualsiasi cosa fuori dalla luce sembra viva, e si muove... Cosa sono quelle strane ombre mio signore, uomini?»

Domandò il comandante in seconda.

«Non credo Menelao, preparatevi a ripulire i rigurgiti del diavolo! Attaccate!»

Gli uomini si lanciarono in un turbinio di metallo e fiamme, le creature sino ad allora celate si manifestarono in tutta la loro tracotanza. Erano degli esseri fatti di fuoco e brandelli di membra flagellate che avevano brutalmente estirpato direttamente dalle loro vittime.

Le loro sembianze assomigliavano a quelle di antichi déi raffigurati dagli Egizi. Dalla schiena diverse escrescenze fuoriuscivano in prepotente verso e gli arti, allungati, riuscivano a muoversi viscidamente con fare caotico.

In poco tempo, le laceranti fiamme che fuoriuscivano da quegli abomini chiamati Djin, soffocarono e trucidarono l'intera squadra che resistette malamente sino alle prime luci dell'alba. Il campo di battaglia divenne per quell'ora una silenziosa e cimiteriale gola. Rainey, allo stremo delle forze e con gravose ferite, svenne sotto il corpo di un Djin trafitto dall'*Adrews*.

Qualche ora più tardi nella mente del cavaliere le voci irrequiete della sua famiglia lo richiamarono e si risvegliò in mezzo alle frattaglie carbonizzate dei suoi uomini. Le infernali bestie erano misteriosamente svanite e il cielo di *Borgo Pass* si dipinse di una lugubre tensione diabolica. Persino la natura circostante si ammutolì e le nuvole soffocarono i raggi del sole che invano cercavano di penetrare.

«Per Mercurio, i miei occhi... non riesco più a vedere, sono intrappolato in una specie di incubo che si sta sfaldando!»

Momentaneamente accecato dall'aura dell'ardente fuoco del Djin che lo aveva attaccato, il cavaliere non riuscì più a scorgere alcuna sagoma. Fu a quel punto che il corvo bianco venne in suo soccorso. Come per un legame invisibile, il bianco corvo gli mostrò la strada con un bagliore di luce che solo il cavaliere poteva avvertire e percorrere. Man mano che i suoi occhi ripresero a vedere si incamminò verso Roma, mentre i suoi pensieri si fecero torbidi e il suo cuore s'indurì ancor di più.

«É dunque questa la cagione? L'oscura manna dal cielo? Oh, spiriti... che saccenti percorrete il mio animo, guidatemi in questa terra ove l'agir dell'uomo è nulla senza la funesta speranza che, nascosta ai mortali occhi, si burla di noi».

Seppellito da quei torbidi pensieri il comandante Rainey proseguì il suo calvario, quando d'improvviso la scia scura e nera di una canna fumaria si intravide all'orizzonte. Una casa silenziosa posta su di una grande roccia riposava al capezzale di un mansueto fiume che dormiente custodiva le sue acque. Rapito dalla curiosità e sforzando un po' i suoi occhi si incamminò ancor più spedito verso il podere quando notò un'ombra all'interno... Rainey osservò con grande sospetto e credette che un Djin, approfittando dell'oscurità procurata dalla casa, vi si fosse annidato.

«Vieni avanti immonda blasfemia.
Mostrami le tue miserevoli sembianze... cosa mai temi?»

Allo scoppiettare di quelle parole una calma naturale avvolse l'aria e un'esile figura si mostrò alla soglia.

«Vi prego, tenete a bada il vostro ferro! Non avete nulla da temere», asserì l'angelica figura.

Il cavaliere, meravigliato da una simile delicatezza la rassicurò con docili frasi.

«Chiedo venia, non temete!
Per qualche istante ho creduto il peggio».

Seguitando nel parlare, si sentì marcatamente debole, le sue parole come i suoi occhi si fecero pesanti e dopo qualche momento di confusione svenne per terra calpestato ancora una volta dalle sue colpe. Al suo risveglio si ritrovò all'interno della casa, le sue meningi facevano fatica e i suoi occhi mal sopportarono la luce che colpiva prepotentemente il suo volto.

«Salute a voi: io sono Elisabeth»,
sussurrò dolcemente la donna.

Con fare energico Rainey si destò e in un alone di confusa lucidità assestò a sé la spada appoggiata a un paio di passi.

«Sono in viaggio per Roma, devo sbrigarmi, molte vite dipendono dal mio comando, è ora giunto il momento che dacché mondo esiste gli uomini aspettano con terribile cordoglio... Oh, ma voi... Voi siete in tenuta da combattimento, ma chi siete dunque?»

Elisabeth rimase immobile e con fare misterioso spalancò la porta: due cavalli erano pronti a partire.

«Io sono Elisabeth Swanson, figlia di Frederick Swanson, amico e alleato di vostro padre. Sono stata cresciuta in prospettiva di questo giorno e dopo la congiura della vostra famiglia anche la mia venne trucidata da quelle immonde bestialità arrivate dal nulla cosmico. Siamo pronti cavaliere! L'ordine della bianca fenice ci aspetta, mio padre ha atteso per tutta la vita questo momento e dunque adesso sarò io a vendicarlo... Maledetti Djin, neanche l'inferno riuscirà a nascondervi. In nome della Luce».

Una volta a cavallo i due partirono alla volta di Roma. La minaccia demoniaca si espandeva ormai come un'epidemia, mentre gli eserciti di buio divoravano villaggi, animali e intere popolazioni senza vie di scampo. Immense legioni di demoni e nauseabondi abomini marciavano nell'oscurità spegnendo ogni scintilla di luce sul loro cammino...

Le ormai tetre mani del fato si aggrappavano, pestifere, ai cupi e taglienti ululi della notte.

− *Levitico II (desolazione)*

Il papa attendeva con trepidazione l'arrivo del cavaliere, molti giorni erano passati dalla sua partenza e oscuri presagi s'involavano nel cielo.

«Ordunque miei fratelli, il crepuscolo è vicino, le vittorie della nostra *Casa* sono in questi tortuosi tempi… frivoli aneddoti, l'entità ci osserva con occhio impassibile, questo flagello giunto come uno fra i tuoni più potenti chiede la nostra anima».

Immediatamente a quelle ultime parole, un uomo pregno di una sudicia mescolanza di sudore e sangue irruppe nella stanza.

«Santo Padre, presto, un'agre tragedia è in atto.
Il conclave… Parte dei nostri fratelli sono morti nelle loro celle. Santità, si sono tolti la vita»,
balbettò il frate terziario.

«Cosa mai farfugliate?
Quale infernale ghigno ci assale quest'oggi!
Lo scherno e le risa del male mi sovvengono, peccato fra i peccati… che l'Entità maledica tutti i Djin e che possa per nostra intercessione ascoltare le vostre suppliche…»

Lo sgomento degli altri fratelli si disperse come ossigeno nell'etere, mentre i corpi senza vita dei suicidi nelle celle s'aggrovigliavano nel torpore agrodolce della morte. Un ultimo sacrilego atto che reclamava i suoi marinai per l'eterno viaggio verso l'oblio. Mentre il vicario investigava con circospezione le celle dei confratelli, uno dei corpi pendeva ancora caldo e svettante nell'ultima stanza appeso a una trave. In un momento di follia si era dapprima reciso l'occhio destro con uno spuntone di legno e poi, a dire di un confratello testimone, aveva iniziato a ridere istericamente mentre s'infliggeva scabrose torture corporee con un crocifisso in frassino. I suoi fianchi, infatti, riportavano brutali ferite che facevano fuoriuscire viscide frattaglie ancora fumanti. L'ultimo gesto fu la serrata corda.

Quando il resto del conclave arse i feretri dei loro compagni sullo spiazzale esterno, il puzzo nauseabondo di quelle carcasse s'infiltrò come un amaro veleno negli animi dei superstiti.

Rainey ed Elisabeth si avvicinarono alla meta attraversando sterminate pianure e aridi boschi in una corsa forsennata contro il tempo. Dopo lunghi e interminabili giorni, esausti dal viaggio, si fermarono per rifocillarsi in un villaggio ove il vento raggelava le carni e una rinfrancante pace regnava.

«Elisabeth, questa taverna mi sembra il posto giusto per riposare un po' le ossa!»

Una volta assicurati i cavalli si incamminarono per entrare sino a scorgere in lontananza un grande calderone sopra le fiamme di un corposo fuoco. I maleodoranti interni della taverna sembravano scarni e immiseriti, i pochi tavoli d'ebano erano ricoperti di un muschio rossastro che ne aveva di marcio e decomposto. All'ombra, proprio dietro il bancone, primeggiava la bizzarra figura di un uomo intento a mescolare improbabili intrugli.

«È permesso a due affamati girovaghi sostare per un po' di umano calore?»

L'uomo fissava ostinatamente la superfice del banco e senza osservare le due figure svelò attraverso la luce di un lume il suo viso.

«Da dove venite? Cosa mai cercate in questo luogo? Aggirarsi da queste parti non è più così sicuro... Qualcosa... qualcosa è successo, prima si è impadronito dei fanciulli, poi degli animali e adesso è rimasta solo la follia... avete compreso? Un potente anatema maledice e tortura queste terre...»

D'improvviso l'uomo smise di parlare, il suo volto si immobilizzò e le sue labbra simularono un lugubre e malato sorriso.

«Cosa posso servirvi?»

I cavalieri si sedettero e con fare insicuro Rainey si tolse il pesante mantello.

«Qualsiasi cosa di caldo»,
rispose il comandante marcatamente stanco.

Aspettando il ritorno dell'uomo Rainey esaminò gli squallidi interni della taverna e si incamminò verso l'uscita. Il vento fischiava dalle cime dei monti *Albani*: un paesaggio nudo e sterile si stendeva nel nulla e gli occhi del cavaliere furono nuovamente attratti da quel fuoco sulla quale bolliva quello strano calderone...

Elisabeth, rimasta all'interno, sentiva degli strani odori provenire dalla cucina e dopo poco fu costretta ad allontanarsi per non subire il pesante lezzo che da lì a poco avrebbe infestato gli ambienti.

Perlustrando il luogo fu attratta da un misterioso quadro vicino al caminetto. L'immagine raffigurava la figura di un'anziana donna che sfoggiava una subdola smorfia color morte. Era ritratta in posa da pittrice e riversa su di una tela nera, proprio accanto e immediatamente dietro le spalle appariva una buia figura che sembrava spiarla da una qualche altra impossibile dimensione.

Vicino alla pittura numerosi scaffali impolverati posti a casaccio si arrampicavano per la parete restante. Elisabeth lesse i nomi di alcuni libri e proprio sul finir della scaffalatura i suoi occhi furono rapiti da un arcano volume intitolato *"Cronicae Ex Inferis"*. Al termine di quell'esplorazione lo lesse con un fil di voce e si allontanò incupita, quasi come a poter presagire un qualche terribile avvenimento da lì a poco.

Nel frattempo, all'esterno della locanda, il comandante si avvicinava con sicurezza verso il fuoco per scaldarsi accanto alle fiamme, quando notò un dettaglio alquanto macabro. Nelle case tutte intorno nessun lume proferiva alcuna luce, i camini spenti e malridotti erano sterili e in rovina. I ruderi di quelle abitazioni, simili a selvagge caverne, si sparpagliavano per lunghe distanze come loculi abbandonati e imputriditi dalla vegetazione. Alternando la vista prima a destra e poi a sinistra, come a seguire i propri piedi, si accorse che il terreno appariva umido e pregno di uno strano liquido dalle tonalità scure... Allarmato da quei segnali alzò lo sguardo, si avvicinò ancora di più al calderone che sembrava essere pieno di un'insolita brodaglia in piena bollitura, chinò un po' il viso fino a che scorse dal fondo l'affiorare in pezzi di corpi in decomposizione. Con un rapido movimento si allontanò in pieno affanno e immaginò le grida di tutte quelle povere vittime adoperate per lo scopo, le urla di quelle anime squarciate e tormentate da tremende torture e che ora sguazzavano in quel sudicio pentolone. Quando ritornò all'interno della taverna tenne quel segreto con sé e avvicinandosi a Elisabeth aspettò l'arrivo del locandiere.

«Vorrei che non fossimo costretti a tale decisione, ma dobbiamo necessariamente riposare qui stanotte, non è saggio viaggiare al buio, strani astri brillano stanotte», disse Elisabeth con fare pensieroso.

Interrotti dal locandiere che si avvicinò con passo lento, i due si rifocillarono solo con del pane e del mais. Tutte le altre pietanze sembravano andate a male ed emettevano un sanguinolento odore di morte.

«Temo che non abbiamo scelta, sono consapevole che questo non è il posto migliore per pernottare, ma è un rischio che dobbiamo necessariamente correre», rispose Rainey.

Dopo la cena si ritirarono in una stanza al piano superiore e per precauzione sbarrarono la porta con delle assi di legno che trovarono all'interno dello sgangherato abitacolo che li accolse. I farfugliamenti insensati del locandiere erano aumentati... qualcosa lo spaventava. I suoi discorsi erano diventati sempre più folli e iniziarono a essere sorretti da un isterico sguardo che non lasciava intendere niente di buono. Quando si sedettero accesero una piccola lanterna ed Elisabeth domandò:

«Cosa non temete Rainey? Riesco a guardare il vostro viso, ma non riesco mai a scrutarvi dentro, l'oblio si nasconde dietro ai vostri occhi».

Il cavaliere tacque e si accinse a sorvegliare le finestre…

«I miei occhi? Non vedo che morte e sofferenza con questi occhi; che maligna entità può aver creato tanto dolore? Vuole forse beffarsi di noi? Avevo una famiglia… una magnifica sposa e un figlio coraggioso, lei era la più raggiante di tutte, e mio figlio fu un dono cosmico sin da quando nacque. L'inganno demoniaco di quei blasfemi esseri un giorno arrivò persino nelle mie terre e in pochi minuti furono trucidati senza alcuna pietà… Quando tornai a casa non potetti fare altro che piangerli, ancora e ancora…»

A quel punto Elisabeth interruppe mestamente ogni dialogo, mentre gli spiffeli del vento implacabile che penetravano nella stanza spensero il lume…

Qualche ora più tardi furono ridestati da qualcosa che si avvicinava chiassosamente dalle scale. Alcuni colpi percossero fragorosamente la porta in maniera ritmica accompagnati da urla infernali e improperi di rabbia. D'un tratto, come per magia, tutto si tacque e un liquido di un blu notte penetrò da sotto la porta…

«Vi sbranerò come frattaglie da macello», urlò una voce squarciante, «non resterà un solo brandello di carne sulle vostre ossa».

Il cavaliere con fare impulsivo conficcò la sua spada attraverso la porta e le urla si fecero più animalesche, ma si arrestarono qualche secondo dopo.

Quando aprirono, i due si accorsero che il locandiere si era trasformato in qualcosa di mostruoso.

Il viso, completamente deformato nella sua struttura, sembrava aver espulso una sorta di melma bollente giallastra, le ossa avevano persino assunto una strana conformazione e le mani si erano essiccate al punto tale da creare come degli aculei pungenti intrisi di un qualche composto organico indefinibile. Con molta trepidazione i cavalieri si allontanarono e si recarono frettolosamente all'uscita calpestando in fretta e in furia le membra flagellate di quell'essere.

Montando a cavallo fuggirono fra le ingiurie e le risate di tante altre creature che nel frattempo avevano circondato la taverna. Con fare indomabile si lasciarono rapidamente il villaggio alle spalle, sormontati da un cupo orizzonte rosso porpora e dalle nubi ingrigite dal maltempo.

– Numeri VII (funerea adunata)

I cavalieri cavalcarono senza remora fino a Roma e proprio in prossimità delle sue grandi porte si avvicinò loro una figura abbagliante e piena di una potente energia. Con grande stupore Rainey ed Elisabeth la riconobbero subito. Giungeva da desolate terre come segno di speranza e speme.

«Il *Veltro!* I miei occhi increduli mirano il tuo grande potere... il mio animo è ora più calmo nel sentirvi al mio fianco in questa logorante guerra apocalittica», sussurrò Rainey.

Il Veltro, metà uomo e metà animale, così fiero e saggio riconobbe i segni dell'ordine della bianca fenice, si accostò al fianco del cavaliere e consegnò il nono cristallo che da tanto tempo custodiva in gran segreto. Fu a quel punto che il comandante sguainò l'*Adrews* e inserì il cristallo nell'incavatura della spada. Una grande energia bianca esplose dall'arma, il corpo del cavaliere fu avvolto da un enorme fuoco magico che elevò il suo corpo dal suolo. Un tuono di fragorosa potenza accecò gli occhi dei presenti che, dopo l'esplosione di una luce ardente, videro il cavaliere alle prese di un'incredibile metamorfosi celeste. Delle ali d'arcangelo comparvero alle sue spalle: il suo viso emanò un semplice e dolce chiarore, i suoi capelli si tinsero di bianco, e atterrando verso il suolo, l'eco di alcune voci angeliche sembrarono sussurrare ignote nomenclature... "*Mumiah, Mumiah*".

Elisabeth, incredula, corse verso il cavaliere che con occhi sereni la rassicurò. «Io sono armonia, non temete il mio candido potere, ora io sono Mumiah».

L'adunata dei tre cavalieri era completa e le ultime ore fatali stavano per scoccare.

Nel frattempo, il conclave in preda al panico, si era abbandonato ad atti di idolatria e di inconsulta follia. Il Papa aveva predisposto blocchi armati nella città e soltanto alcune legioni si stavano preparando a una misera difesa dai demoni. Il caos regnava in ogni dove. Proseguendo verso le stanze papali, i soldati preparavano i loro armamenti impauriti e provati per la battaglia che li attendeva, i loro animi erano segnati dalla paura e la stanchezza nei loro volti era evidente. Tuttavia, erano pronti a morire pur di difendere i più deboli e il destino del mondo intero. Quando Mumiah fece la sua comparsa e si fece spazio tra lo stupore dei soldati che rimasero abbagliati dalla sua aura, si cantarono tra la folla canti di gioia e di audacia. Le nuove spoglie del comandante Rainey impressionarono persino il Papa ansioso di conferirvi. Elisabeth e il Veltro, rimasti all'esterno, profusero nell'etere un dolce incantesimo di serenità e tranquillità che rasserenò gli animi di tutti i soldati della città infondendo speranza e coraggio.

I volti dei soldati emisero così una radiosa luce e un po' di vigore iniziò a sentirsi in tutto l'eremo. Il Papa fu felice per il ritorno di Rainey e si meravigliò alquanto nel rivederlo così forte e potente. Il suo aspetto era cambiato, quelle ali lo rendevano inumano e il nono cristallo era nelle mani giuste.

«Quale stupore nel rivedervi cavaliere! L'angelo Mumiah veste divinamente il vostro corpo. Il tempo della battaglia è giunto e a voi è affidato il destino dell'intera umanità. Se i Djin dovessero impossessarsi dell'ultimo cristallo, il mondo intero sprofonderebbe in un abisso senza fine e la morte diventerebbe allora una piacevole liberazione».

Rainey, dopo alcuni passi di preoccupazione, lo trafisse con il solo sguardo e incalzò:

«Come avete potuto condannare l'umanità a questa triste e misera fine? Così tanto esoso di vita e di immortalità da sacrificare l'intero genere umano...

Avete aperto voi lo squarcio temporale, volevate scoprire il segreto della vita eterna, volevate essere immortale, ma violando lo spacco dimensionale avete spalancato le porte ai Djin e a tutte le altre immonde creature nascoste oltre la soglia. L'Entità vi punirà per la vostra arroganza. Come avete potuto condannare l'intero creato? Avete già scelto il vostro destino, vi lascerò proprio qui, in mezzo a tutto il sangue che è stato versato per voi. Al mio ritorno sarò felice di vedervi in cima a quella trave!»

Il Papa, che nel frattempo si era accasciato a terra, non proferì alcunché e Mumiah abbandonò le stanze con passo serrato. Ai cancelli della città il cavaliere si librò in aria e richiamò l'attenzione delle legioni che emisero un urlo di battaglia...

«Soldati, il domani sarà nostro, la minaccia Djin sarà annientata e la morte si beffarà di loro questa volta e per sempre. Avanziamo! Quest'oggi gli angeli canteranno le nostre lodi».

Fu così che ebbe inizio l'ultima battaglia per un mondo in rovina, dilaniato dai pungenti denti della paura e dai peccati della stessa miserrima umanità. I Djin avevano commesso immani tragedie, fiumi di sangue erano stati versati in un'apocalisse troppo dolce per il demoniaco piacere. Blasfemi esseri banchettavano sulla terra con scabrosi ghigni, urla disumane intonavano una funerea musica notturna che riecheggiava nel mondo attraverso l'oscurità... Le legioni umane erano in marcia per il decisivo scontro.

Diretti in Moldavia per l'ultima volta, i cavalieri si erano riuniti sotto l'ordine della bianca fenice e Mercurio li avrebbe guidati attraverso Rainey divenuto Mumiah.

A quale fato avverso erano destinati?

Un sadico orizzonte si scagliava in lontananza e la nebbia accarezzava l'armatura dei soldati che con passo pesante avanzavano nel loro cammino. Dopo alcune ore di marcia Mumiah si librò nuovamente in cielo e fermò le legioni attraverso l'accecante luminescenza che proveniva dalla sua spada.

Qualcosa di sinistro era in agguato e la sua parte divina percepì un richiamo cosmico che proveniva da tutt'altra realtà. Fu a quel punto che decise di estromettersi per un momento dalla marcia e assecondare il suo sentore. In un lampo i suoi occhi si illuminarono di una luce bluastra e Rainey atterrò dolcemente al suolo nella sua naturale forma umana. L'angelo Mumiah fu traslato altrove e fu richiamato in una specie di grotta, in un tempo indefinito oltre il confine spazio-tempo. Si nascose nell'oscurità per scoprire cosa lo avesse attratto a tal punto da lasciare la sua intera armata impegnata in una battaglia così importante. La regione che lo aveva attirato, ovvero la fosca dimora dei Djin, si mostrò subito come irrequieta, torva e incancrenita da un male primordiale. Nell'ombra vide un uomo perso in quell'inferno avanzare verso di lui.

«Non temermi, io sono armonia», disse anticipando le domande indagatori dell'uomo.

Tra le mani l'umano stringeva un sacrilego libro chiamato *Infericum*, un volume temuto persino dalle più remote civiltà del mondo e tramandato agli uomini da quelli che persino gli antichi scribi tradussero come "esseri di buio". L'angelo Mumiah conosceva fin troppo bene i pericoli che quel libro avrebbe potuto causare, soprattutto se fosse stato abbandonato in un luogo non fisico come quello in cui si trovavano. Fu lì che decise di convincere l'uomo a riportarlo nella sua dimensione, nasconderlo nel migliore dei modi e relegarlo al suo tempo.

«Non potete lasciare il libro in questa blasfema regione. Se le creature dovessero entrare in possesso dell'*Infericum* presto o tardi potrebbero trovare il modo di ritornare. Il volume deve rimanere sulla terra e dovrà essere custodito nel miglior modo possibile presso una qualche segreta località. È ora di ritornare nel vostro mondo, proverò a fermare le indomabili creature che bramano il vostro sangue finché avrò forza».

Fu a quel punto che l'uomo ritornò indietro nella sua dimensione e dopo aver annientato le insidiose creature che lo avevano circondato, Mumiah si ricollegò al suo corpo umano e ritornò nel suo tempo. Rientrato in possesso del corpo di Rainey si librò nuovamente in aria e preparò l'esercito all'estrema battaglia che li attendeva.

– Deuteronomio XXI

Mentre i soldati erano intenti a guardare in alto il cavaliere librante, delle estremità cadaveriche uscirono dal sottosuolo afferrando diversi soldati che furono trascinati attraverso il terreno paludoso. Gli uomini sguainarono le spade e iniziarono a combattere qualcosa che non riuscivano neppure a vedere. Elisabeth, constatando la difficoltà degli uomini, salì a quel punto su una roccia e iniziò a recitare delle formule appartenenti alle antiche profezie lunari di *Selene*, versicoli magici capaci di ristabilire le leggi naturali attraverso i suoi diuturni equilibri. Per effetto di quelle querimonie il silenzio assoluto ritornò sulla vallata e i soldati riassaporarono nuovamente un po' di sollievo. Sotto ai loro piedi albergava un vecchio cimitero. I resti umani sepolti in quelle terre erano stati corrotti nel loro riposo e persuasi nel losco tentativo di servire il male. I Djin avevano potenti mezzi per contrastare gli uomini, i loro poteri riuscivano persino a rivitalizzare i resti in putrefazione dei cadaveri e di ogni tipo di materia morta. Subito dopo le legioni si rimisero in marcia attraverso la notte, sorvegliati dal giallastro chiarore della luna che si avvertiva pallida nel cielo. Dopo qualche giorno, arrivarono a destinazione.

Diverse lune erano passate, l'oscuro fato dei guerrieri giocava un'inesorabile partita contro il tempo. I Djin si intravedevano all'orizzonte con un incommensurabile e pestilenziale esercito. Esseri abominevoli si erano uniti alla battaglia e il male si era insinuato in tutte quelle anime laddove albergava malevolenza e follia. *Borgo Pass* era diventata così una fucina infernale.

«Cosa mai succede a questa gente? L'odio umano si è trasformato in pazzia», borbottò Elisabeth.

Orrende manifestazioni di sangue si intravedevano fra gli eserciti nemici. Alcuni esseri si cibavano degli altri come attirati dal sanguigno e nauseante puzzo della carne in decomposizione e il vento si impadronì di un terribile e aspro afrore.

Alle prime ore del mattino la battaglia era iniziata. Urla squarcianti riecheggiavano fino al cielo: i demoni avanzavano dilaniando gli uomini con ferocia. I cavalieri trucidarono con rabbia inaudita qualsiasi cosa gli si parasse dinnanzi e il loro viso si cosparse di sangue. Alle prime luci dell'alba metà delle legioni erano state annientate e il terreno si unse di un sanguigno color porpora.

Migliaia di cadaveri si ammassavano in pile sulle colline scoscese di quei bassipiani, su quelle marcescenti lande imputridite dal maligno. Quando la guerra parve farsi più dura d'improvviso un potente tuono fermò la battaglia. Proprio quando all'orizzonte si presagiva un brutale destino qualcosa di incredibile accadde.

«Come osate deturpare il mio creato», disse una voce che rimbombò in lungo e in largo per tutto il globo terraqueo.

Dal cielo filtrarono dei raggi luminescenti che invasero ogni dove. I volti dei cavalieri, carichi di un arcano potere celestiale, esplosero e riversarono verso l'esterno una potentissima energia che sconquassò i demoni e ogni altro essere malvagio sulla terra.

La luce che uscì dai loro occhi flagellò e disintegrò le malevoli carcasse dei Djin e in poco tempo i residui sul terreno si sciolsero come neve al sole. Un bagliore accecante coprì l'intera terra in pochi secondi e la minaccia maligna fu completamente distrutta.

L'Entità aveva mandato il suo cosmico aiuto.

La nuova alba si stagliava serena all'orizzonte, la terra respirava un destino del tutto nuovo. L'intervento dell'Entità aveva aiutato i cavalieri e gli uomini sopravvissuti si erano come svegliati da un lungo incubo. Soltanto i puri di cuore erano sopravvissuti. Eppure, persino all'Entità fu impossibile impedire che in futuro l'odio umano si rigenerasse di nuovo nei cuori degli esseri umani.

Un nuovo inizio era giunto, i Djin avevano sfruttato ogni singola goccia di cattiveria umana per la loro blasfema guerra contro l'universo, ma presto o tardi sarebbero potuti tornare sfruttando il naturale odio umano che alberga nelle anime degli uomini. Esseri così imperfetti, ma capaci di azioni incredibili.

«Pensate che sia davvero finita?»

Disse Elisabeth con fare ansioso.

«L'oscurità non è scomparsa ed è parte dell'equilibrio cosmico», rispose il comandante Rainey.

«Il male rimarrà sempre in agguato, proprio così come noi rimarremo sempre all'erta fino alla fine dei tempi», concluse *Mumiah.*

Storie dal Cronicae Ex Inferis

FINE

11 febbraio 2013

STOLAS

LA CITTÀ DEL VENTO

Quando mi svegliai era già molto tardi. Mio padre aveva raccolto le nostre cose e provveduto a ultimare i bagagli, finalmente eravamo pronti per partire. Appena fui in macchina, mi guardai indietro solo un istante per riempire la mia mente di ricordi ancora una volta.

La mia vecchia casa, accasciata su di un lato, aveva un triste sorriso, dei colori morenti e delle porte di un nero appassito. Quando la lasciammo i miei occhi si dipinsero di tristezza. Mi rammaricai, e come quando si saluta una persona per l'ultima volta fui invaso da un opprimente senso di commozione.

Dopo che partimmo ci immedesimammo nello scenario periferico della campagna e il giorno si dileguò per dar spazio alla sera. In quelle vie secondarie, dove l'ape lasciava il posto alla lucciola, il vento della campagna soffiava malinconico attraverso le scoscese rocce dormienti e la mia mente vagava leggera. Non avevamo idea di che cosa il futuro ci stesse riservando, ma per nulla potemmo ignorare gli sconcertanti avvenimenti di cui fummo protagonisti.

La strada, longilinea, si protraeva infinita davanti a noi e man mano ci riservò insidiosi accadimenti dal dubbio significato.

«Addio Norfolk, a mai più...»

Agosto 22, 1996 Norfolk (Virginia)

Immerso nei miei pensamenti si fece buio, il tramonto era già morto da un pezzo e le vie che iniziammo a percorrere si mostrarono solitarie e inospitali. Solo qualche luce artificiale spuntava a singhiozzo in mezzo alla nebbia che nel frattempo si era levata con lo spuntar della luna. Dopo diverse ore di viaggio ci fermammo in una vecchia stazione di rifornimento ed entrammo in punta di piedi. Il posto mi incusse un certo timore, sicuramente non molti forestieri passavano da quelle parti. Le pompe del carburante erano molto vecchie e tutti gli esterni erano in balia dell'incuria.

«Xavier, vuoi qualcosa da mangiare?»
Domandò mio padre con fare tranquillo.

Risposi immediatamente di no, poiché il viaggio mi aveva privato dell'appetito. La lordura malsana che mi parve di intravedere tra gli ambienti richiamava alla mente pensieri inquieti e una sorta di aberrante malinconia mi attanagliò. Tra i tavoli vidi solamente un anziano signore dall'aspetto iroso. Era seduto in malo modo, con lo sguardo fisso sull'orologio da polso e con quella leggera ansia di chi aspetta qualcuno. Dopo i primi sguardi, finalizzati alla circospezione del luogo, fummo accolti dal banconista che con tono interrogativo disse:

«Siete diretti a nord? Non molti vi si recano ormai...»

A quella frase mio padre rispose con ottimismo:

«Perché? Se posso chiedervi? C'è qualche interruzione o finisce semplicemente il mondo da quelle parti?»

Sorridemmo dopo quelle frasi e l'uomo replicò:

«Oh, nulla signore, non si preoccupi, sono solo mie sciocche superstizioni fanciullesche... Da piccolo vi abitai per un breve periodo, ma a dire il vero non ricordo granché. Qualcosa non mi piacque o meglio... Beh, non ho molti ricordi della mia infanzia», disse alla fine con fare poco rassicurante e come a voler tralasciare qualcosa.

«Spero facciate un buon viaggio».

Subitamente fissai mio padre, nel tentativo di mettergli fretta e indurgli una certa premura. Appena rientrati in macchina riprendemmo il viaggio con velocità e con la preoccupazione di trovare quanto prima un posto dove pernottare. La fosca oscurità delle nubi sovrastanti incupì ogni cosa da lì a poco e la notte arrivò come per inghiottirci. Erano circa le 2:00 quando mio padre accostò nel parcheggio di un solitario motel.

«C'è qualcuno? Avremmo bisogno di un letto!», esclamò mio padre introducendosi nella sala d'ingresso.

Io lo seguii abbastanza in fretta, provando a insinuare il mio sguardo in prossimità del bancone e cercando di scrutare qualche umana forma oltre la reception. Mentre provavo a riscaldare le mani gelate che conservavo gelosamente nelle tasche, il silenzio venne interrotto da un uomo di bassa statura che con fatica si trascinò verso di noi con il più insicuro dei sorrisi.

«Posso fare qualcosa per voi? Se volete una stanza posso darvi la numero tre, ha una magnifica vista sul bosco», disse con aria ironica e guardando verso il buio corridoio che portava alle camere.

Mio padre, esausto, accettò e ci incamminammo preceduti dal concierge che si mise a strascicare una stanca e acciaccata gamba.

«Ecco a voi signore, vi auguro buon riposo».

L'abitacolo era abbastanza ordinato. Il vecchio pavimento di un grigio sfiorito terminava con una grande vetrata che dava sulla boscaglia, l'armadio di ferro era un po' malridotto e sembrava maldestramente forzato. Sul finire c'erano i due letti, una pietosa lampada accasciata per terra e un piccolo tavolino in plastica.

«Prova a riposare Xavier, altrimenti domattina non saremo affatto lucidi».

Acconsentendo a quelle parole mi fermai dunque di fronte al grande finestrone di vetro che si affacciava sul buio paesaggio naturale e provai a socchiudere gli occhi.

Era quieto. Alcuni alberi spogli dominavano la veduta e i campi erano sormontati da un sottile strato di brina che vestiva leggermente il suolo. Fu lì che lo vidi la prima volta... Non so cosa fosse, ma lo avvertivo ogni qualvolta avevo paura.

Ne avevo sentito parlare anche a scuola: un bambino schivo e inquieto raccontava che di notte una sorta di entità con sembianze inumane veniva a trovarlo, spiandolo dalla finestra con un sogghignante e iniquo sorriso… Durante i suoi deliri raccontava che le volte in cui riusciva a vederlo meglio, la sua pelle sembrava fatta di squamoso carbone e i suoi occhi sfolgoravano un venefico scintillio indefinibile. Quella notte era lì e se ne stava immobile con il suo pestifero ghigno a osservarmi.

Per qualche frangente apparve sotto ai miei occhi e in piena agitazione non potei fare altro che fissare quelle zanne scintillanti attraverso il lercio verdume degli arbusti. Quando mio padre accese inavvertitamente la lampada tutto finì e la creatura scomparve.

Feci comprensibilmente fatica a prendere sonno, poiché ogni parte del mio corpo fremeva all'idea che ci fosse qualcosa là fuori ad aspettarmi e che forse, con il proseguir della nottata, sarebbe venuta a farmi visita. Mi addormentai stringendo impunemente le braccia di mio padre, fra sibili di vento che sussurravano litanie di inconcepibile significato. Alcune volte avevo persino l'impressione che a ogni folata d'aria corrispondesse una voce e che attraverso la corrente atmosferica tentasse di ritornare da una sorta di altro dove con vemenza e fagocitazione. Una rabbia coadiuvata da un febbrile desiderio di ritornare alla vita o a degli stralci di umanità su questo mondo.

All'alba fummo svegliati di soprassalto da un frastuono. Degli sconquassi provenienti dalla camera accanto echeggiarono sino ai nostri timpani e in un turbinio di emozioni raggelammo.

Ci vestimmo in fretta per capire il motivo di quel chiasso e ci affacciammo con cautela dalla porta; lì vedemmo un viavai di persone provenienti dalla stanza numero due. Quando fummo costretti nostro malgrado a passare dall'unico corridoio della struttura fummo inevitabilmente investiti dagli accadimenti. La scena che si spiegò ai nostri occhi fu raccapricciante. L'intero vano si presentò distrutto da una violenta energia. Strane venature di materiale liquido e sabbioso saturavano viscidamente ogni cosa all'interno e persino i tessuti ne furono impregnati. Tuttavia, quel che vedemmo sulla parete scatenò il nostro più brutale disgusto.

Il corpo senza vita di un fragile anziano era riverso sul pavimento e il muro grondava un orribile alone purpureo. Secondo una prima e parziale ricostruzione, l'uomo aveva schiantato il suo capo volontariamente sulla parete in maniera decisa e caparbia, forse preda di una qualche senile infermità. Non ci fu permesso curiosare oltre, poiché fummo allontanati e accompagnati all'ingresso dove un vento impetuoso scuoteva fragorosamente gli alberi. Subito dopo aver raccolto gli effetti personali riprendemmo il viaggio immantinente, al fine di esiliarci dal puzzo penetrante di quella strana morte. Una volta in macchina mi sedetti sul sedile posteriore in balia dei miei pensieri.

La mia mente fu indicibilmente conturbata da quel macabro avvenimento e come all'interno di un cryptex mi sentii costretto a custodire quell'indelebile ricordo. Che cosa era successo a quell'uomo?

– La città senza luce

Dopo ore di viaggio, in cui i miei occhi si sfinirono nell'ispezionare il paesaggio, mi decisi e ruppi il silenzio.

«Papà, cos'è accaduto a quel signore?
Non riesco a immaginare nulla di più orribile».

Mio padre, con fare calmo e lungimirante, iniziò la conversazione più tormentata della mia esistenza…

«Xavier, è ora che tu sappia la verità… Non posso più celarti l'inquieto passato che ha divorato la mia intera esistenza. La tua risolutezza potrebbe essere importante in futuro… Devi sapere che l'universo è un contenitore infinito di energia, la forza più grande di tutte. Quest'energia arriva fino a noi in diversi modi e ci permette di vivere, ma ci sono alcune forze malevoli che nuotano attraverso sconfinati abissi dimenticati con l'insidioso obiettivo di riaffiorare nel nostro mondo, poiché è la nostra forza vitale che bramano. Il male primevo che abita quelle dimensioni si insinua subdolamente attraverso quel lembo di spazio che c'è tra il nostro e il loro mondo: l'ombra. Gli spiragli di luce che fanno da richiamo a quelle arcane impetuosità sono delle zone pericolose e dobbiamo starne alla larga. Il mio amico e illustre scienziato William Morton ebbe ad avvertirmi qualche tempo fa. *"La vita che tutti noi conosciamo è destinata a mutare"*, mi disse una volta con fare spaurito. Ho sempre pensato che fosse vicino dallo scoprire qualcosa che avrebbe cambiato il modo stesso di percepire la realtà. Una nuova tangibilità che è tutta intorno a noi, ma allo stesso tempo celata ai nostri occhi come il più recondito dei misteri. Ciononostante, l'ultima lettera mi riempì di un irragionevole senso di follia. La sua calligrafia, così maldestra e insicura, mi infuse un irrefrenabile senso di raccapriccio. In quell'ultimo groviglio di parole esprimeva significanza a proposito di una sorta di avvenimento cosmico calcolato per il 24 agosto 1996 e che la sua dislocazione avrebbe rimescolato le leggi stesse della natura che ci circonda. Adesso il termine è ultimo. La nostra vecchia casa iniziava a diventare insicura, soprattutto dopo gli ultimi avvenimenti: le interruzioni di energia, le inquietanti ombre nello scuro e gli sfarfallii di tensione elettrostatica. Tutto cominciò a manifestarsi con maggiore costanza dopo aver sfogliato le pagine di quel dannato libro, l'Infericum... Un volume uscito fuori dalle ultime ricerche del dottor Morton».

Successivamente a quell'intensa discussione, in cui tutto il mio essere subì una delirante paralisi, iniziai a capire il perché mio padre si fosse improvvisamente interessato a quegli strani studi. Intere notti insonni, intente a tradurre alfabeti e linguaggi decaduti con maniacale e vitale interesse. Soggiogato da quei ragionamenti interruppi ogni meccanica logica e l'intero prisma della mia quotidianità mi crollò addosso.

Immerso in quelle disquisizioni buttai gli occhi fuori dal finestrino e avvistai da lontano una figura che attraverso le campagne si dirigeva a nord. Rallentammo, e incuriositi da quell'avvistamento arrancammo un isterico sorriso. L'essere era lì, solitario, immerso nel giallume di quei campi rinsecchiti. Con fare spasmodico si trascinava con passi lenti verso una qualche meta.
Dapprima non riuscimmo a vederlo in viso a causa della nostra postura, ma la parte superiore del suo corpo ci sembrò stranamente schiacciata.

Non appena fummo ancor più vicini intravedemmo i suoi arti, che ci apparvero come degli aculei appuntiti, grondanti una qualche ripugnante lordura giallastra. Alcuni punti ingrigiti ci fecero pensare a dei parassiti che lentamente ne stavano lacerando le carni. A quel punto ci fermammo e il rumore che produssero i copertoni sull'asfalto richiamarono l'attenzione di quella cosa.

I miei occhi si rifiutarono di percepire quell'abominio vagante in quanto troppo mostruoso per esistere. Ricordo che i suoi occhi mi fissarono come mai fui fissato in tutta la mia vita. La testa abnorme e il collo spezzato, abbandonato a una qualche prematura decomposizione, costringeva il capo a sprofondare quasi interamente all'interno del busto che flaccidamente lo inglobava in ripugnante verso. Fu proprio lì che quel bizzarro obbrobrio si scaraventò verso di noi con movimenti di ingordigia, probabilmente attirato da una brutale voglia di vivo. Ne fummo terrorizzati. In un attimo sfrecciammo alla massima velocità e ci allontanammo da quella sorta di flagellazione vivente.

Dopo ore di estenuante viaggio e sconcertante afflizione decidemmo di fermarci un istante, proprio alle porte di una città che iniziammo a scorgere in lontananza. Sul finire di una galleria rallentammo. La strada era malconcia e insicura, la vegetazione grigia e appassita adornava ogni cosa creando una bigia atmosfera di inquietudine. Lontanamente, alcune costruzioni si ergevano sferzanti verso il cielo e il loro malaticcio colore ombreggiava persino il lontano orizzonte. Entrammo silenti. Sulla destra un vecchio cartello portava la scritta "N wc stle" e quando guardammo l'orologio in auto, verso le 14:20, provammo una curiosa sensazione.

143

Le leggi naturali erano forse diverse in quel luogo? Raggelammo, quando prendemmo consapevolezza del fatto che quella sperduta cittadina era sorda da ogni rumore. Nessun cinguettio, non uno scroscio d'acqua, neppure un sibilo di vento proveniva da alcun dove. Mio padre continuò a guidare cautamente attraverso quelle strade alla disperata ricerca di qualche umano segno di civiltà. In quel peregrinare i malconci ruderi di quelle case si avvicendavano in una moltitudine straziante di arroccamenti e inospitali stamberghe dalle aride rimanenze. Che posto era mai quello?

La vegetazione, incancrenita e selvaggia, si arruffava su quelle vecchie costruzioni ingoiandole e smembrandole della loro stabilità. Il terreno calpestabile aveva una buffa composizione. Man mano che procedemmo per quel cammino ci accorgemmo che alcune parti di esso erano ricoperte da uno strano olio con qualità simili al nero di seppia. Quel denso intruglio ci procurò un forte senso di apprensione e a poco valsero le nostre intuizioni. Fu intorno alle 15:00 che ci fermammo per sgranchirci le gambe e prendere atto della nostra posizione. Avevamo percorso un bel po' di strada. Partiti da Norfolk, eravamo passati per Roanoke e adesso ci trovavamo in questa piccola cittadina di nome Newcastle.

Appena scendemmo dall'auto ci trovammo di fronte a un enorme piazzale abbandonato. Il verdume molesto della vegetazione si arrampicava lungo le strade e l'aria apparve inquinata di una qualche composizione gassosa difficile da identificare. In lontananza, le case abbarbicate l'una sull'altra, avevano un che di minaccioso e stringendo la mano di mio padre tremai di terrore al solo pensiero che qualcosa ne potesse uscire da lì a poco.

A tutto questo accostammo la terribile consapevolezza che la città potesse ospitare altre terrificanti mostruose aberrazioni e che l'essere sulla statale fosse stato solo un macabro antipasto. La verità che avevamo svelato ci avrebbe sicuramente costretti a una reale tangibilità delle cose. Mentre scandagliavamo palmo a palmo il luogo, mio padre arricchì il suo racconto di nuovi importanti dettagli e mi rivelò gli angoscianti ricordi del suo passato.

«Xavier», irruppe. «Siamo venuti in questa città per cercare delle risposte. Quando nel 1986 conobbi il dottor Morton, mi affidò questo volume e mi disse di ritornare in questa cittadina per assistere all'allineamento cosmico e distruggere il libro. L'Infericum è un portale maligno per l'altro dove ed è portatore di morte e distruzione, non può cadere nelle mani sbagliate. In quell'anno le cose si erano messe molto male: William e altri uomini coraggiosi provarono a rimandare indietro quel turpe universo, ma il destino ebbe a riservare brutte sorprese.
Le tremende creature che affrontarono erano custodi di un potere quasi insormontabile. Poco prima dello scontro prepararono tutto nei minimi dettagli, ogni azione doveva essere perfetta e ben congeniata. All'epoca lavoravo alla Deacon's Library di Newcastle. Lì conobbi Allan e Darren Morris, Paul Wilkinson e l'inesplicabile scienziato William Morton. Quando gli eventi furono propizi si avvicendarono alla battaglia e a me fu affidato il compito di custodire il volume, metterlo al sicuro e riportarlo qui, proprio in questo giorno.

Alla mezzanotte di oggi dovremo aprire il volume su di una specifica pagina, assorbire il potere dell'eclissi lunare e intrappolare il libro oltre la soglia che l'intercessione degli astri spalancherà».

Mentre ascoltavo quelle bizzarre e incredibili rivelazioni imboccammo uno stretto viale disfatto e malridotto da anni di incuranza. Sulla sinistra un piccolo sentiero si arrampicava verso un podere abbandonato e sorvegliato da un grosso albero di ulivo, le case accasciate sulla destra si allungavano invece in triste orma e il cielo si mostrò leggermente annuvolato. Fu lì che fummo raggiunti da una tagliente folata di vento che ci scosse con veemenza. Le urla che quel fenomeno provocò si insinuarono sin dentro le nostre ossa e il nostro corpo produsse un irrefrenabile quantitativo di adrenalina. Subito dopo che la massa d'aria sbuffò tutta intorno si ammutolì e lasciò al contempo un lieve rantolo indefinito.

– L'ombra di rabbia

Il crepitio si fece sempre più forte e a ogni passo la nostra palpitazione cardiaca crebbe a dismisura. In uno stato di ansia permanente pensai nuovamente alla creatura che fino a quel momento aveva torturato i miei incubi. In qualche modo mi aveva raggiunto e avevo ragione di pensare che il vento fosse il suo mezzo di movimento. Poco dopo ne ebbi ferma certezza. Alla fine del viale ci trovammo di fronte a un piccolo gruppo di alberi, erano circa le 18:35 quando vedemmo l'indicibile.

L'enorme palazzo che sovrastava quel piccolo boschetto era imponente, l'ombra che proiettava imbruniva l'intero punto e le nuvole già raggrumate ne intensificarono la scura visuale. Quando sollevammo lo sguardo scorgemmo alcune movenze serpeggiare oltre i rami, i movimenti erano rapidi e intermittenti come sibili o sfolgoranti schegge di elettricità.

Dopo alcuni secondi ogni fenomeno si attenuò e in prossimità di un tronco finalmente lo vedemmo.

«Non temere Xavier, stringi questa pietra!
È un frammento di *Onice*, ti proteggerà da quella *cosa*».

In poco tempo mi resi conto che la guerra non era mai stata una fantasia. I miei incubi avevano sempre avuto un'autentica concretezza e fu a quell'irraggiungibile senso di inoppugnabilità che mi arresi.

«Papà, la creatura si muove, ti prego cacciala via... è spuntata fuori dai miei sogni e adesso è reale, per favore falla sparire».

La mia giovane età all'epoca condizionò molto le mie scelte e mio padre fu senza dubbio la mia roccia. Fu così che con uno slancio energico lo vidi avanzare verso gli alberi e urlando contro un muro di vento provò a stanare quell'entità. Non appena arrivò abbastanza vicino l'impronunciabile ombra si dileguò mutamente nel nulla. Il raccapriccio che provai in quei momenti fu grande e le mie gambe cedettero inesorabilmente.

«Sali sulle mie spalle, è tutto passato!», esclamò con voce dolce. All'epoca avevo solo dieci anni, il candore della mia mente fu distrutto da quegli avvenimenti e la maturità mi fu imposta celermente.

Dopo che l'essere scomparve malamente perlustrammo la vegetazione nei dintorni e ci accorgemmo subito che quell'orrenda manifestazione aveva lasciato alcuni sfregi sulla corteccia degli alberi. I tronchi erano imputriditi da una sostanza simile a *grafite* e le fronde, infradicite e morenti, si adagiavano cadavericamente al suolo. La scena ci lasciò un forte sentore di paura e la nostra già precaria stabilità fu messa a dura prova. Da lì a poco fummo investiti da un fetore infernale e, continuando in direzione di quella che ci sembrò la piazza principale, notammo alcuni avvertimenti governativi che poco ci rassicurarono. La città era stata evacuata da circa dieci anni, anche se il suo declino doveva essere iniziato molto tempo prima e per questioni indefinite. Mio padre ricollegò tutto all'avvenimento che aveva vissuto in parte nel 1986. Il governo aveva ritenuto utile sfollare *Newcastle* per via di quelle misteriose radiazioni che avevamo già rilevato all'arrivo. In effetti, l'aria ci sembrò subito rarefatta e inquinata da un agente estraneo e innaturale.

Alle 19:45 ci recammo verso il centro della piazza con la speranza di trovare un qualche umano segno di civiltà. Il terreno era difficilmente praticabile a causa del melmoso olio di cui era pregno. Il nauseabondo puzzo che percepimmo scaturiva dalle esalazioni che quel limaccioso liquido dalla composizione scura rilasciava nell'etere. Prima di avanzare intorcinammo delle stoffe intorno al collo e al naso per cercare di attutire il disgustoso senso olfattivo.

«Papà, credi che stanotte quella *cosa* tornerà? Cosa faremo se quell'orribile creatura dovesse tornare sui nostri passi?»

Con fare sicuro mio padre rispose:

«Non temere, siamo ormai arrivati, è questo il luogo. Alla mezzanotte di oggi compiremo il nostro dovere. Adesso aprirò il libro per capire se la *fiera* che abbiamo incontrato può essere in qualche modo contrastata».

Il volume conteneva un sapere unico nel suo genere: i riferimenti alla *Goetia Gotica* erano molto in rilievo e il bestiario che conteneva aveva diversi richiami appartenenti alla *Clavis Salomonis*. L'*Infericum* aveva origini molto antiche, indefinibili e rappresentava un pericolo enorme per tutta l'umanità. Mio padre era deciso a distruggerlo il prima possibile. Quando ci trovammo a sfogliare le pagine di quell'oscuro grimorio prendemmo più consapevolezza di quell'entità e delle sue capacità. *Stolas* era un grande principe nella dimensione da cui proveniva, esperto di astronomia, piante e pietre universali. Il suo aspetto ci era già apparso molto inquietante, nonostante si fosse sempre mostrato in forme assai velate e disumanizzate.

In stato di renitenza ci augurammo di non dover più approfondire tale conoscenza. Dopo aver sfamato la nostra curiosità ci accasciammo di fronte alla grande fontana che intercettammo sul finire della piazza e provammo a riposare le ossa. Erano ormai le 21:00 quando avvertimmo degli strani movimenti nell'ombra. Il crepuscolo ci aveva abbandonati da un pezzo e mio padre aveva acceso un piccolo lume a gas. L'agre olezzo a cui eravamo stati sottoposti fino a quel momento ci aveva assuefatti e il respiro ci venne leggermente più facile.

Quando sentimmo i primi fruscii, ci allertammo parecchio e balzammo in piedi di scatto come a voler presagire degli infausti avvenimenti da lì a poco. Quel che vedemmo subito dopo ci rese increduli. La notte aveva spalancato le sue dolci braccia a cose inaudite, orrori che nessun uomo dovrebbe poter vedere. Delle bestie informi e flagellanti fecero capolino da ogni buio anfratto e l'aere attorno a noi mutò burlescamente. L'assenza di luce non ci permise di vedere a lungo raggio quelle ripugnanze, ma lo strascicare lento di viscose estremità e di rimbombanti graffigni ci sconvolse oltre ogni limite. Soprattutto quando gli sbraiti animaleschi che emisero riempirono il vuoto silenzioso di quella bieca posizione temporale. Ci avrebbero attaccati? La luce del nostro lume sarebbe riuscita in qualche modo a sfidare il turpe gregge morto che marciava verso di noi? In assenza di altre soluzioni lo lasciammo sopra il marmo sporco della fontana e ci nascondemmo all'interno della vasca senz'acqua.

Fu lì che ci sentimmo pienamente perduti e senza una via di fuga. Il vento iniziò a ululare insistentemente tra le case del sobborgo e fummo di nuovo in balia del suo lamento. Qualcosa sarebbe arrivata insieme allo strepitio delle masse d'aria e in pieno smarrimento ne prendemmo piena coscienza. Dopo che la diabolica folata si fu diradata tutto si tacque ancora una volta e un pietoso silenzio invase ogni cosa. Con fare cauto mio padre alzò gli occhi, per scoprire se i brulicanti esseri che circondavano il rabbuiato notturno avessero abbandonato la piazza. Tuttavia, quel che si riflesse nei suoi occhi lo espose a una delirante forma di paralisi.

«Papà, va tutto bene? Cosa vedi? Possiamo uscire?»

Non ebbi risposta a quelle domande e così in uno scatto di adrenalina mi affacciai a mia volta. *Stolas* aveva fatto la sua estrema comparsa e in pieno subbuglio riuscimmo a vederlo chiaramente in tutta la sua interezza. Le sue sembianze ci inorridirono, poiché esposero una geometria estranea al nostro mondo. Il suo volto assomigliava a un corvo, con zanne acuminate, una pelle simile a carbone e delle gambe molto lunghe e informi.

Il suo capo era sormontato da quel che ci sembrò una corona composta da un materiale colloso e repellente. Non sopportai quella visione e in uno sfogo liberatorio urlai con tutto il fiato che avevo in corpo. Dopo quell'urlo mio padre mi abbracciò e la creatura si mise a tracciare una specie di simbolo sul terreno, aiutata dal viscidume di cui il suolo era pieno.

– *L'eterna dannazione*

Erano circa le 22.00, quando in un'aura di arroganza l'essere rimase immobile per alcuni momenti e come soffocato da una folle rabbia si espresse subito dopo:

«Vi stavo aspettando, pensavate di sfuggire al vostro destino? Io ho memoria di tutti gli avvenimenti astronomici che si sono susseguiti nel cosmo sin dall'alba dei tempi, non riuscirete nel vostro intento».

La voce di quella creatura era stridula e terribilmente avvelenata da un'indomabile furia, un risentimento eterno e di perpetuo rancore. Chissà da quale impenetrabile e lontano recesso proveniva, la sua vista ci causò uno sconcertante senso di apprensione. Con ingenuo sprezzo del pericolo, mio padre estrasse dal suo zaino uno strano miasma luccicante contenuto in una sorta di ampolla globiforme e la lanciò verso la creatura che di poco si smosse.

Fu lì che Stolas corrispose con supponenza:

«Pensate che questa misera quantità di energia blu possa a vostro piacere fermarmi? I vostri frammenti di Onice si stanno affievolendo e quando si spegneranno non avrete via di scampo».

Non ci perdemmo d'animo, ma con remissione provammo a barattare le nostre vite. Con un sinistro sorriso la cosa esclamò:

«Non ho alcun interesse per le vostre anime, consegnatemi il volume!» A quel punto guardai il mio sangue in maniera sfuggente e quando lo vidi avvicinare il tomo alla bestia mi sentii perduto.

«Papà, deve esserci un altro modo».

Appena il libro fu alla sua portata Stolas lo afferrò e in men che non si dica svanì in un turbinio di vento e sfarfalli elettrostatici.

«Xavier, su, prendi lo zaino e corriamo via da qui», gridò quel grand'uomo che fu mio padre.

Quando ci allontanammo abbastanza lo strinsi stretto e in una brace di emozioni gli dissi:

«Abbiamo condannato l'intera umanità, papà... Cosa succederà adesso?»

Senza rispondere a quelle domande esclamò:

«È quasi mezzanotte, passami la borsa, l'eclissi è vicina».

Con mio stupore il libro era ancora lì. Stolas era stato ingannato da una banale copia che il professor William Morton aveva realizzato negli anni, allo scopo di studiare ed esaminare il volume senza esporlo inutilmente ai pericoli di una vita sregolata. Per quanto tempo quell'inganno avrebbe retto? L'entità si sarebbe accorta molto presto del misfatto e sarebbe ritornata più furiosa che mai.

Erano le 23:45 quando mio padre si inginocchiò per terra e aprì il libro nel più ossequioso dei silenzi. La pagina su cui si soffermò conteneva dei versi capaci di aiutare l'intercessione degli astri e l'apertura di un portale verso l'altrove. Fu a quel punto che lo vidi intonare una sconcertante litania dai toni mesti e ipnotici.

Questi furono i versicoli che l'arcano grimorio propose e che sentii pronunciare a ritmi singhiozzanti. Dopo alcuni secondi, in uno scoppio di energia statica, si spalancò davanti a noi quella che ci sembrò una fenditura spazio-temporale e le nuvole ebbero a intensificarsi, come raggruppate da un evento astronomico eccezionale. Una fortissima folata di vento cominciò a rumoreggiare attorno a noi e le abnormi creature che popolavano la città furono richiamate da un rantolo di rabbia e collera.

In pochi minuti fummo circondati da deturpanti abomini di puro sdegno e Stolas era ritornato sui suoi passi. Cosa ne sarebbe stato di noi?

STOLAS

Alle 23:58 il portale davanti a noi disserrò la via a una regione fosca e inenarrabile: la morfologia del territorio ci apparve composta da un materiale nero e polveroso, alcune strane composizioni simili a rocce affioravano dal suolo con prepotenza come spinte da fenomeni di vulcanismo. Il cielo imbruniva malamente a ogni istante, scosso da cariche gassose e frecce di elettricità. Lo scenario si sperse a perdita d'occhio e ci sembrò terribilmente insidioso, anche la vegetazione che per un momento avvistammo non assomigliava a niente di terrestre. Fu quasi allo scoccare della mezzanotte che vedemmo comparire oltre la fenditura spazio-tempo delle forme, degli esseri incappucciati simili a monaci blasfemi dal demoniaco dominio. Le gambe, prive di piedi, erano inglobate al terreno e coadiuvate da una specie di tinta inchiostrante che ne aiutava il movimento. A quel punto sentimmo il disturbante sussurro vocale di Stolas che colmo di ira rantolò:

«Non oserete distruggere il libro, è la vostra unica protezione, senza le sue pagine non avrete più alcun potere... Sarà a quel punto che inghiottirò le vostre ossa. Non vi salverete dalla mia collera».

Gli attimi seguenti furono decisivi e al contempo i più dolorosi. Con un senso di rammaricante angoscia mio padre si voltò verso di me ed esclamò:

«Xavier, non abbandonarti alla tristezza e vivi, la vita è un fulmine a ciel sereno che sparisce ancor prima che possa brillare!»

Quando provai a reagire chiuse il volume e corse verso il portale. In contiguità della fenditura si fermò e lanciò uno sguardo di sfida alle creature che con fare spasmodico lo attaccarono con irruenza. Fu a quel punto che elargì un ultimo sguardo, mi sorrise e si gettò oltre la soglia stringendo sul petto quel maledetto tomo. Le bestie lo inseguirono e Stolas si catapultò oltre il portale per cercare di recuperare il suo premio. La mezzanotte portò con sé un'aura di tremenda agitazione e in balia del dolore e dell'incertezza me ne rimasi incredulo accasciato per terra. Dopo che la lesione temporale si fu chiusa ogni meandro della città apparve vuoto e con molta irrequietezza mi incamminai verso l'auto. Al suo interno lasciai esplodere il mio dolore. Quel grande uomo che era stato mio padre mi aveva lasciato un senso di estrema perdizione, tra lacrime e spasmi di paura mi addormentai sul sedile posteriore, sfinito e avvilito.

La mattina seguente, mi risvegliai in pieno smarrimento e fuoriuscendo velocemente dalla vettura maledissi la luce del sole. Dove sarei potuto andare? La mia tenera età non mi lasciava molto scampo e così con rassegnazione iniziai a guardami attorno. La solitudine sconcertante di quella città si impadronì di me e vagai come un vagabondo per le strade del centro.

Il sole era alto e intorno a mezzogiorno ritornai in quella tremenda piazza dal triste epilogo. Sfinito dalla fatica mi rannicchiai a ridosso della fontana, i miei sensi si affievolirono rapidamente e rimasi quasi in dormiveglia oltre l'oblio della dimenticanza. Proprio quando il presentimento di un imminente morte si fece strada nella mia mente sentii un gigantesco e rigoroso frastuono squarciare il cielo. Cariche di energia elettrostatica si diffusero nell'etere e anticiparono l'apertura di quel dannato portale che aveva inghiottito mio padre.

Quando la soglia fu stabilmente aperta spalancai d'improvviso gli occhi e notai in lontananza un uomo che correva in mezzo a quell'impossibile scenario. Il terreno lurido e oleoso non ne facilitò la corsa, ma quando la figura fu più vicina riconobbi quel granduomo di Edgar Durand. «Papà», gridai a squarciagola e rialzandomi da terra. La mia estrema felicità fu accompagnata al contempo da una gigantesca paura, poiché dietro di lui si ergeva un immenso esercito di sbraitanti creature. Il terrifico volume era ancora tra le sue mani e allo stremo delle forze raggiunse lo spacco spazio-temporale.

«Xavier, prendi il libro», urlò a pieni polmoni.

Senza attendere una qualche risposta lo lanciò oltre la crepa transitoria, lo afferrai in malo modo e lo riposi di nuovo nello zaino. L'incommensurabile esercito di esseri inumani si avvicinava sempre di più e in piena agitazione mio padre recitò nuovamente quegli angosciosi versi che avevano il potere di risigillare il portale. Dopodiché, quando si accorse che la soglia si stava richiudendo, passò oltre e con tutto il calore del mondo lo riabbracciai. Il vortice elettrostatico si chiuse in un tonfo fragoroso e le caotiche condizioni atmosferiche si ristabilirono cautamente.

«Non dovevamo intrappolare l'Infericum all'interno di quella maligna dimensione?»
Domandai confuso e irrequieto. Carico di adrenalina mio padre esclamò:

«È tutto cambiato!» In preda a brucianti emozioni mi raccontò che nell'altro dove aveva visto delle cose orripilanti al limite dell'umano comprendonio.

Il triste presentimento di una morte imminente aveva annebbiato la sua psiche e in preda al panico si era rintanato in una specie di grotta fatta di condrite carbonacea e altri materiali bizzarri che non riuscì neanche a definire. All'interno di quei bui anfratti trovò un'ombra ad aspettarlo e quando si avvicinò abbastanza riuscì a definire le sembianze di un uomo alto e dai tratti inusuali. Lo descrisse in maniera alquanto incredibile.

I suoi capelli lunghi e di un bianco scintillante fluivano sulla schiena come una cascata di diamanti, i vestiti semplici ma insoliti davano sfoggio a una particolare cintura da cui pendeva una spada di un colore bianco fantasma. La contorta biologia dell'altrove non riusciva a intaccarlo e i suoi passi lasciavano sul terreno una sorta di alone bluastro. Nel giro di pochi secondi i suoi occhi gli infusero un sentimento di bontà e senza troppa resistenza la sua luce arrivò nel suo cuore e perfino all'interno dei meandri più oscuri della sua anima.

«Non temermi, io sono armonia», disse.

Con grande meraviglia mio padre si perse in una sequela di insensati farfugliamenti e con il cuore in gola domandò:

«Cosa siete? Da dove venite?»

L'entità con fare sereno rispose:

«Il mio nome è Mumiah, sono un essere di luce contrapposto per forma e natura agli esseri di buio e ai loro temibili comandanti, quella che vedete è la forma più semplice che la vostra mente può interpretare. Non potete lasciare il libro in questa blasfema regione.

Se le creature di buio dovessero entrare in possesso dell'Infericum presto o tardi potrebbero trovare il modo di ritornare. Il volume deve rimanere sulla terra e dovrà essere custodito nel miglior modo possibile presso una qualche segreta località.

È ora di ritornare nel vostro mondo, proverò a fermare le indomabili creature che bramano il vostro sangue finché avrò forza».

Dopo quel racconto fui travolto da una forma di apprensione per il futuro che ci attendeva, anche se fui sollevato dal fatto di sapere che delle creature di luce avrebbero potuto in qualche modo aiutarci nei nostri domani. Nel giro di poco ritornammo all'auto e fuggimmo via da quella terrificante città.

«Addio Newcastle», dissi ad alta voce e abbandonando con lo sguardo l'agghiacciante orizzonte alle nostre spalle.

– Epilogo di un epoca

Ottobre 24, 2026 Roanoke (Virginia)
John Marley

«Prego Edgar, accomodati, la cena è servita», disse con molta lietezza il signor Marley.

Non lo feci aspettare molto e scendendo le scale chiamai mio figlio Xavier per unirsi a noi.

«Come va là fuori? Ho sentito parlare di un massiccio dispiegamento di scienziati e medici per il progetto Oni-3, il tempo è nostro nemico», continuò.

Qualche settimana dopo la nostra strenua avventura a Newcastle arrivammo a Roanoke e campeggiando per qualche giorno presso un piazzale periferico della città incontrammo John Marley. Spinto dal suo altruismo ci ospitò nella sua casa e col tempo diventammo una famiglia. Sua moglie era morta da poco tempo ed era rimasto solo in una fucina di ricordi e strani miasmi sottaceto.

Dopo circa un anno incominciò la terribile tragedia che tuttora proviamo a contrastare. Le orribili radiazioni amorfe, che durante la nostra permanenza avevamo avvertito nell'innominabile città di Newcastle, non si erano circoscritte a quel territorio e nel corso dei mesi e degli anni si erano allargate a macchia d'olio per gran parte del globo terraqueo.

La continua diffusione di queste sconosciute emissioni provenienti dall'altrove e rimaste nella nostra dimensione, provocarono un profondo mutamento della natura. La biologia del nostro pianeta fu sconvolta e una moltitudine di regioni furono contaminate da qualcosa di malvagio. Gran parte della vegetazione si imputridì e fu sopraffatta da un viscoso liquame nero e oleoso. Le coltivazioni divennero sempre meno e con esse la stessa popolazione mondiale si affievolì tra urla di fame e sentimenti di sconforto. Anche le fonti di acqua potabile furono seriamente compromesse e resero la tragica pestilenza ancor più forte.

Nel 2006 gli scienziati identificarono questa infernale effusione e la chiamarono Oni-3. A quale fato fummo destinati? Quando mi rivolsi alle autorità e fui messo in stretto contatto con alcuni dei principali studiosi del

campo misi a disposizione le mie conoscenze. L'Onice rimase un materiale capace di contrastare la subdola complessità contenuta in quelle radiazioni e tramite le sue proprietà riuscimmo a salvare il salvabile.

Circondammo le nostre abitazioni con questo elemento e lo integrammo nella composizione del terreno di alcuni ecosistemi. Tuttavia, il problema rimase pericolosamente più grave nelle ore notturne, poiché le difensive peculiarità dell'Onice tendevano ad affievolirsi dopo il tramonto.

Durante la notte, infatti, quel male riusciva ad avanzare seppur lentamente. Il vento aveva senza dubbio aiutato la diffusione della parassitaria complessione e negli anni era diventato portatore di morte e orrende malattie.

Oltre alla fame e alle carenze idriche nacquero alcuni tremendi morbi equiparabili alla peste e interi continenti ne furono affetti, soprattutto prima che la momentanea soluzione dell'Onice arrivasse su scala planetaria. La popolazione mondiale scese a circa due miliardi di individui e la fauna animale fu quasi del tutto distrutta.

L'Infericum fu subito preso in esame e custodito dagli scienziati a cui ci affidammo. Successivamente fu messo al sicuro all'interno di una teca appositamente creata e composta da un'infrangibile composizione di vetro, acciaio e Onice. Alcuni passaggi contenuti nel libro potrebbero forse aiutare l'umanità un giorno, ma la traduzione di quei versi è alquanto complessa. Serviranno molti tentativi per arrivare a un qualche tipo di risultato.

Se solo William Morton fosse ancora con noi.

«Grazie John», risposi con affetto e rimarcante senso di gratitudine:

«Dobbiamo concentrare tutti gli sforzi, non sappiamo per quanto tempo ancora resisteremo, questi potrebbero essere gli ultimi tentativi prima della fine».

Il male che avevamo contrastato era tornato per la sua finale vendetta?

Cos'era rimasto al mondo, se non la consapevolezza di una spaventosa morte?

FINE

16 aprile 2022

FORNEUS

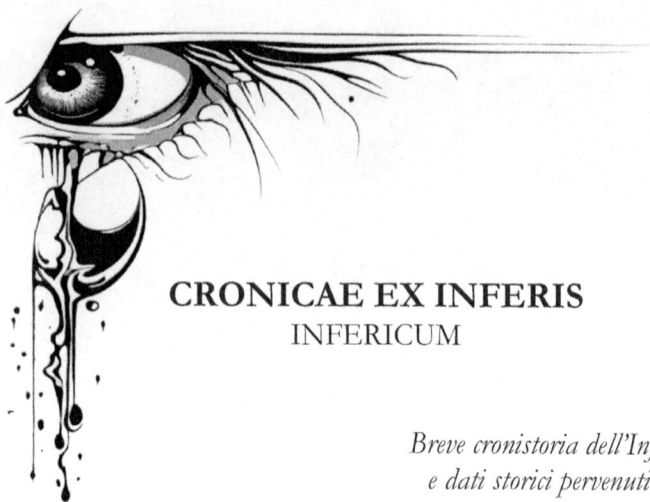

CRONICAE EX INFERIS
INFERICUM

Breve cronistoria dell'Infericum
e dati storici pervenuti a oggi.

– Età antica

Il nome del volume "Chronicae ex Inferis" è uno dei nomi remoti con il quale questo libro veniva chiamato dai filosofi latini del medioevo. Secondo alcune antiche fonti ormai perdute e risalenti al 1239 d.C. il nome originario dell'opera coniato dai greci e poi tradotto in latino corrispondeva a "Infericum". Letteralmente il titolo fa capo a un'antica espressione latina, fra le più oltraggiose e innominabili della storia umana: "Inferi cum voca", che letteralmente significa "chiama il diavolo".

Col passare del tempo e per errate traduzioni il libro rimase noto con il nome di "Infericum". Si vocifera che in un'antica e remota terra chiamata "Syrìa" o "Sorìa", secondo le popolazioni d'un tempo, si siano ritrovati alcuni degli ultimi frammenti appartenuti all'originale e mai resi noti alle grandi masse. Questo è probabilmente avvenuto per impedire che fanatici dell'occulto o spiccioli negromanti si interessassero al volume, poiché proprio attraverso la lettura del volume avrebbero potuto causare un irreversibile sconquasso delle leggi naturali. Secondo un eremita mesopotamico, di cui non ci è pervenuta traccia, nel 2546 a.C. un principe di nome "Zīūsūra", (dal sumerico), acquistò parte di questo libro. Le rivelazioni contenute nell'opera apparvero subito delineate in una lingua inumana, la cui possibile traduzione era circoscritta solo a pochi esseri che per loro natura fossero in contatto con le leggi che governano l'universo.

Il codice, già al tempo, non apparve dunque scritto dalla mano dell'uomo. Un'altra testimonianza ci è pervenuta da un erudito sacerdote babilonese chiamato "Gilgamesh", che intorno al 2600 a.C. fu probamente in possesso di alcune pagine, forse in caratteri cuneiformi. Secondo queste deduzioni la provenienza del volume è di difficile calcolo, soprattutto prendendo atto dei pochissimi indizi ritrovati sulla civiltà degli Accadi.

Sembra che il loro primo re "Sargon", (2320 a.C.), fu in possesso della parte mancante del libro che aveva acquistato Zīūsūra. Secondo la tradizione, pare che sul letto di morte blaterasse di un essere fatto di ombre, che svelatosi ai suoi occhi gli raccontò le ineffabili e inesplicabili origini del libro. Assecondando queste voci sembra che il testo fosse stato creato dagli stessi esseri d'ombra come ponte ultraterreno verso l'Altro Dove, un mondo informe e terrifico, in cui le anime malevoli delle creature nere trovano rifugio.

Fu forse in seguito a questa rivelazione che più tardi il grande legislatore "Hammurabi" nel 1700 a.C. lo nascose, soprattutto dopo che infausti accadimenti resero instabile il suo regno.

Grazie al re Hammurabi e al suo nascondiglio, il libro scomparve dalla faccia della terra per circa un millennio, finché nel 722 a.C. circa, in una città israelita chiamata "Samaria", fu incautamente ritrovato da un contadino che per sua sfortuna lo ritrovò in contiguità di un bosco. Dopo alcuni giorni, lo portò al suo padrone sicuro di poter ricevere una ricompensa, ma una leggenda vuole che costui, arrivato al cospetto del suo signore, fu decapitato per l'improntitudine di aver chiesto del denaro. Qualche giorno più tardi gli abitanti videro lo stesso uomo ritornare in vita con un aspetto che le genti non seppero descrivere. La testa si reggeva di nuovo sul capo in un orripilante verso e il suo aspetto era raccapricciante... Dopo questa visione svanì all'interno di un fumo nero davanti a centinaia di persone che attonite osservarono la scena.

Nel 323 a.C. questo territorio fu conquistato da "Alessandro Magno", imperatore le cui gesta furono memori, il cui indomabile ego rimbomba ancora oggi a eoni dalla sua esistenza. Le sue conquiste furono grandi e le gesta insuperabili, cosa che spinse alcuni a pensare che il suo successo non fosse umano e che egli fosse aiutato da qualcuno o da qualcosa nella sua sfrenata brama di potere. A lungo si vociferò che nella sua ultima campagna indiana, in una città chiamata "Aorno" (odierna Pir Sar, Pakistan), una freccia colpì Alessandro portandolo in fin di vita.

Fu qui che, secondo alcuni racconti, si chiuse in una caverna insieme al compagno "Efestione" con in mano un sacrilego libro di cui le fonti non menzionano il titolo. Il giorno seguente uscì dalla grotta ritemprato e per niente debilitato, riprese il controllo dei suoi eserciti e continuò fiero e imperterrito la sua battaglia. Alla sua morte, avvenuta qualche anno dopo, il libro fu seppellito insieme al corpo per volontà dello stesso Alessandro. La sua tomba non fu mai più ritrovata, quasi come se qualche oscuro sortilegio fosse riuscito a custodire i resti di Alessandro in una dimensione inaccessibile all'uomo.

Qualche secolo dopo, quasi alla fine dell'era antica, nell'anno 27 a.C. è stato attestato solo in tempi recenti, che un'altra copia del libro sia apparsa in Egitto, presso la corte della regina dei Tolomei: Cleopatra. Si dice che a servirsene fu il triumviro di Roma Marco Antonio, morto suicida in un alone di misteri nella sua ultima campagna contro i romani.

Destino che seguì più tardi anche la stessa regina Cleopatra. Un sacerdote della corte riferì a uno scriba che nel tempio di Iside fosse custodito un singolare volume rilegato con un materiale diamantifero nero. Gli interni erano di un rosso purpureo simile a sangue e le sue pagine erano sigillate da una chiusura magica che soltanto un agghiacciante e vivido occhio posto sul fronte poteva aprire.

L'intestazione recitava "I n f e r i c u m".

Si presuppone che quest'ultima sia stata una copia modernizzata dell'arcano libro che di secolo in secolo si vedeva proiettato verso l'oblio dei tempi. Dopo questa apparizione e con la fine dell'era antica non si trovano più riferimenti a esso, ma solo altre leggende che vogliono collocare l'esistenza di una copia presso un falegname della Giudea e molto più tardi presso un erudito di nome Giovanni vissuto nella prima metà del II secolo.

– Medio Evo

Le ricerche del libro sono state sempre molto difficili e spesso inconcludenti proprio per l'eccezionalità dei fatti in cui è stato citato o si presuppone sia stato collocato. Fra le attestazioni più recenti si è avuto modo di scoprire che nell'810 d.C. un biografo di nome Eginardo al servizio dell'imperatore franco Carlo Magno, descrisse in una sua opera ormai perduta che nella città di Aquisgrana, precisamente nella "cattedrale imperiale di Santa Maria", vi era una stanza segreta dove l'imperatore usava rifugiarsi per lunghe ore durante la giornata.

Pare che l'imperatore usasse entrare in meditazione per gran parte del tempo in un'atmosfera abbastanza surreale, utilizzando incensi esotici e simboli indecifrabili. Durante le sue meditazioni si inchinava al cospetto di un volume che con tracotanza padroneggiava il luogo con un terribile potere esoterico. Secondo alcuni riferimenti pare che nei quattro anni precedenti la morte di Carlo Magno, sinistri accadimenti deteriorarono la vita del sovrano. In preda alla follia morì nell'814 d.C. delirando frasi inconsulte e vaneggiando di creature d'ombra ed esseri inumani con nomi farneticanti come Agares, Forneus o Mumiah...

Solo dopo qualche centinaio di anni, durante un famoso processo indotto da papa Clemente V contro i cavalieri templari, ritroviamo secondo alcune dicerie qualche altro cenno del libro. Che si tratti di verità o di mera leggenda, non ci è concesso saperlo al giorno d'oggi, ma qualcosa fu chiaro; in maniera quasi improvvisa la Chiesa cattolica dopo essersi servita dell'ordine templare ne ordinò nel 1308 la soppressione. Jacques De Molay, ultimo maestro dell'ordine dei Cavalieri templari, fu inizialmente torturato nella torre del castello di Chinon, costretto a ritrattare e condannato al rogo, che avvenne a Parigi nei pressi di Notre Dame. Secondo alcuni annali dell'epoca in cui compare il nome di Jacques De Molay, è certo che durante l'ultimo concilio dell'ordine templare questi abbia nascosto furtivamente un'opera trovata durante l'assedio del santo sepolcro. Si trattava di un vecchio volume portato alla luce da una tomba che si credeva fosse stata edificata per rendere omaggio all'ultimo apostolo di Cristo. Il testo arrivò nelle mani di Jacques proprio durante la sua prigionia nel castello.

Alcune voci dell'epoca vogliono prestare adito alla leggenda secondo cui Jacques De Molay maledisse la casa di Francia per tredici generazioni, iniziando proprio dai suoi carnefici: Filippo il Bello e Papa Clemente V che morirono entrambi entro lo stesso anno della sua uccisione.

– Età moderna

Nel 1558 d.C. il volume fu poi messo al bando dalla chiesa e inserito nel *"Cathalogus librorum Haereticorum"* e nel *"Index librorum prohibitorum"*, soprattutto allo scopo di ostacolare la possibile diffusione del libro che fu considerato fra i più terribili e mostruosi della storia umana. L'ignota provenienza del testo rilegato in così singolare modo inorridì e impaurì gli uomini e i cosiddetti vicari di Dio al punto tale che la santa inquisizione iniziò una persecuzione del libro e delle persone che a esso erano legate. Fu così che ogni insinuazione riguardo al tomo divenne sempre più silenziosa e scomparve quasi del tutto, o almeno così si credette per lungo tempo.

Più di un secolo dopo pervenne notizia di alcuni inquietanti concussioni nel nord Europa, con precisione nei paraggi della catena montuosa dei Carpazi, in un luogo situato tra Moldavia, Bucovina e Romania. Si dice che un voivoda valacco di nome Vlad III Drăculea, appartenente all'ordine del drago fondato da Sigismundo d'Ungheria nel 1408, ritrovò questo libro nei pressi di Brasov ed esattamente nella collina di Timpa. Alcune sue guardie riferirono solo molto tempo dopo la sua morte, che in un attimo di tregua dalla battaglia egli trovò questo volume in mezzo a delle rocce e ne fu come sconvolto. La sua espressione cambiò per sempre e qualche ora più tardi si scatenò contro i suoi nemici che furono scuoiati e impalati nel più orrendo dei modi. Secondo i mitomani fu qui che l'anima di Vlad fu dannata per sempre.

Più tardi fece costruire il monastero di Snagov, dove si dice passasse intere giornate in un'ala del monastero al cospetto di un grande e solitario altare con fattezze non proprio tradizionali… Da un servitore della corte di Vlad, ci è giunto tuttavia uno scritto, ormai perso da qualche centinaio di anni, che ci regala una storia del tutto inedita sugli accadimenti. Sembra che un giorno mentre era intento a pulire le vetrate del monastero, l'uomo vide questo grande altare scorgersi al di là del vetro.

Era maestoso e scolpito in una sorta di lava rossa e al centro vi era un grande simbolo cruciforme che sovrastava la stanza con una incommensurabile aura di tracotanza. Non ci è dato sapere tanto altro, sappiamo pochissimo sulla morte di Vlad, nessun luogo e nessuna data certa, il suo corpo non è mai stato ritrovato. Con lui si persero anche le tracce del libro che fu affidato per secoli alla leggenda.

Ciononostante, nel 1610 ci è pervenuto indizio, anche se non accertabile, che il volume fece un'ulteriore comparsa in Ungheria nel castello di una vedova nobildonna chiamata Elizabeth Bathory o, meglio, identificata ai giorni nostri come la contessa sanguinaria. Quell'anno venne accusata da alcune denunce anonime, che poi arrivarono fino alla Chiesa cattolica, della sparizione di oltre trecento giovani donne. L'allora imperatore d'Ungheria Mattia II ordinò un'inchiesta sulla contessa che da lì a poco fu colta in fragrante nel suo castello, mentre torturava alcune donne in procinto di essere dissanguate per riempire il sanguinolento bagno a cui Elizabeth era dedita. Secondo la macabra credenza di costei, il sangue di quelle vergini avrebbe dovuto donarle la bellezza eterna.

Nei quattro anni a seguire Elizabeth fu murata viva nei suoi ambienti e le fu concesso un solo foro per il cibo. Si dice che ogni qualvolta le venisse dato da mangiare fosse sempre intenta nello sfogliare un volume guardando le guardie di passaggio in malevole e raccapricciante verso. Certe volte si udivano fragorosi sconquassi e strani sibili provenienti dalla stanza. Una delle guardie un giorno la vide difronte a uno specchio e fu sconvolto dal fatto che, malgrado la sua immagine si riflettesse, questa non avesse alcun riflesso in risposta.

Nel 1614 morì suicida vagheggiando inudibili frasi, strane filastrocche di esseri invisibili come Stolas o Forneus e di un luogo dimensionale inesplicabile chiamato *Altro Dove*. Quando la stanza fu riaperta allo scopo di recuperare il corpo, il libro fu inizialmente custodito e poi sepolto nell'oscurità per paura che qualcuno risvegliasse senza volerlo l'anima della contessa che morì piena di rabbia con quel tomo stretto fra le braccia.

– Età contemporanea

L'ultimo periodo in cui è attestata la presenza del libro è abbastanza recente. Ci è giunta notizia, infatti, che il 10 maggio 1933 il volume è stato avvistato nella Germania nazista, nel cosiddetto Bücherverbrennungen (rogo dei libri). Secondo alcuni militari tedeschi che sorvegliavano gli studenti intenti a bruciare le opere di autori non favorevoli al regime nazista, un mendicante avente uno strano aspetto e in fin di vita si accinse a incamminarsi verso il rogo e a gettarvi dentro un libro ricoperto da uno straccio. Quando il panno si bruciò i testimoni videro un volume dal materiale diamantifero simile a carbone nero con un grande occhio al centro.

Il libro sembrò essere immune al fuoco e all'effetto delle fiamme. Subito dopo il vecchio mendicante si accasciò per terra e fu mortalmente divorato da dei topi che dal nulla sbucarono e lo attaccarono come richiamati da qualcosa. Fra gli sconquassi causati della folla il volume scomparve nella confusione. Non ci è dato sapere se qualcuno lo recuperò fra le ceneri il giorno dopo o se fu trafugato da qualche incauto uomo mentre la folla si dileguava impaurita dall'accaduto. A oggi non abbiamo tuttavia più alcun indizio della sua presunta esistenza…

12 gennaio 2016

Dati esistenza Infericum

2600 a.C. - Gilgamesh (erudito sacerdote babilonese)

2546 a.C. - Ziusur (principe di origine sumerica)

2320 a.C. - Sargon (primo re degli Accadi)

1700 a.C. - Re Hammurabi (sesto re di Babilonia)

722 a.C. - Samaria (capitale di Israele)

323 a.C. - Alessandro Magno (conquistatore ed imperatore greco)

27 a.C. - Marco Antonio (triumviro di Roma)

800 d.C. - Carlo Magno (Imperatore)

1314 d.C. - Jacques de Molay (ultimo maestro dei templari)

1476 d.C. - Vlad III Draculea (Principe di Valacchia)

1610 d.C. - Erzsébet Báthory (la contessa sanguinaria)

1933 d.C. - Bücherverbrennungen (rogo dei libri nazista - 10 maggio)

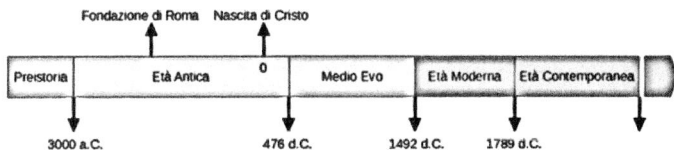

	Fondazione di Roma	Nascita di Cristo			
Preistoria	Età Antica	0	Medio Evo	Età Moderna	Età Contemporanea
3000 a.C.		476 d.C.	1492 d.C.	1789 d.C.	

AGARES

POSTFAZIONE
di A.B. Lundra

**Al di là del tempo, oltre l'anima,
al di fuori dello spazio…**

Esistono luoghi nascosti, moli che si affacciano su oceani infiniti, oscuri e inconcepibili. Soltanto le anime più afflitte e i poeti erranti del nostro tempo possiedono la rara capacità di scoprire i sentieri perduti che conducono a incubi e meraviglie insondabili.

"I Racconti dell'Altro Dove" accompagnano i lettori più sensibili attraverso oscuri passaggi, tra antri situati ai confini stessi dello spazio e del tempo. Qui, l'altrove si oppone al "mondo", e un perenne conflitto tra le forze del bene e del male prende vita. Questa dinamica è un elemento ricorrente nelle opere di Ray Hermanni Lewis che, a differenza di altre voci nel panorama letterario *weird*, esplora l'interazione tra presenze benevole come *Mumiah* ed entità malevole come il subdolo *Stolas*. Un dualismo che sfida la visione del caos come unica forza dominante della realtà, che si traveste delle menzognere sembianze di un ordine illusorio. Il caos, nella sua forma primordiale, lascia spazio a un concetto superiore di "fato"; un "fato" che trascende la comune idea di destino.

La filosofia di queste opere richiama alla mente il contrasto tra bene e male, proprio come nel Ciclo Bretone, riportando in vita orrori ancestrali provenienti da mondi oscuri, come gli infami Nibelunghi di Sigfrido.

Le vicende narrate sono come una corrente inevitabile, che trascina i protagonisti verso il loro destino, simile a quanto evocato nel Ciclo dei Vinti di Giovanni Verga. Lo stile raffinato della prosa e le atmosfere cupe e inquietanti rimandano ai luoghi di Edgar Allan Poe e alle storie visionarie di Guy de Maupassant.

La solitudine di un faro in mezzo al mare ha il potere di generare suggestioni così potenti da far apparire una compagnia inaspettata.

Il vagabondare senza fine di un viandante vi condurrà al cospetto di un eterno ritorno, un ciclo di orrori capaci di corrompere ogni cosa: luoghi, carne e tempo.

La lotta per discernere la realtà dalla terribile allucinazione vi strapperà l'anima.

La rettitudine di un cavaliere vi trascinerà nel cuore di una sanguinolenta battaglia tra il bene e il male. Il coraggio di un padre dimostrerà che l'amore può sconfiggere persino la malvagità suprema.

Un antico manoscritto testimonierà la dialettica tra tesi, antitesi e sintesi, offrendo una riflessione su ciò che i poeti più oscuri chiamano timorosamente "l'Abisso".

A.B. Lundra
Scrittore Weird e Cosmic

STOLAS

La Normalità dell'Orrore
di Alessandro Bolzani

Nei racconti appartenenti al genere horror capita spesso che l'oscurità arrivi poco per volta, trasformando delle esistenze normali in incubi a occhi aperti dai quali non sembra esistere una via di fuga. La discesa nell'abisso può richiedere alcune pagine o persino qualche capitolo nei romanzi più lunghi e il lettore non può far altro che assistere impotente all'addio a una quotidianità destinata a diventare un ricordo sempre meno nitido.

Nelle storie di Ray Hermanni Lewis accade qualcosa di diverso: l'oscurità è presente fin dall'inizio e nel corso delle pagine non fa altro che diventare più fitta. L'orrore si palesa fin dalle prime righe, tramite descrizioni ambientali fornite dal protagonista della vicenda (come nel caso di "Il faro di Portland") o una missiva dal contenuto sinistro ("L'uomo senza anima"). Anche quando la situazione iniziale appare più mondana (come in "La città del vento"), le parole scelte dall'autore contribuiscono a dipingere un quadro dai toni foschi, che comunica fin da subito a chi legge quale sarà l'atmosfera predominante all'interno del racconto.

Se in un primo momento le minacce che i protagonisti si ritrovano a fronteggiare sono almeno in parte riconducibili alla realtà, la situazione cambia quando entrano in scena le entità legate all'Altrodove, dimensione infernale popolata da demoni come Agares.

Di fronte a simili forze, in grado di plasmare la realtà in modi inimmaginabili, i protagonisti dei racconti di Ray Hermanni Lewis sono quasi sempre inermi come neonati e in balia di eventi sui quali non hanno il minimo controllo. Inoltre, nella maggior parte dei casi, le esperienze terrificanti che vivono non sono una conseguenza delle loro azioni (come avviene, per esempio, in "Frankenstein" di Mary Shelley), bensì un'eventualità ineluttabile. Certo, in "La città del vento" i protagonisti possono fare qualcosa per arginare l'avanzata delle forze del male, ma in altre storie qualsiasi azione diversa dalla fuga è pressoché inutile o persino dannosa.

L'aspetto affascinante è che ogni tanto si può scorgere una piccola luce che brilla nelle tenebre, spesso corrispondente a un raro momento di quotidianità nel bel mezzo dell'orrore. Tra una sofferenza e l'altra, i personaggi riescono a trovare un minimo di conforto aggrappandosi a quei pochi elementi che, in un modo o nell'altro, appaiono normali in mezzo a tutte le anomalie. In rari casi esistono davvero e sono tangibili, più spesso non sono altro che illusioni, sogni o ricordi: tutti concetti immateriali; eppure, dotati di un grande potere, perché in mezzo alle tenebre più fitte anche un piccolo lume diventa un faro capace di alimentare la speranza.

Quest'ultima può essere spenta dall'autore per rendere la disperazione provata dal lettore ancora più profonda o tenuta viva fino all'ultimo in modo da ricordare che anche nei momenti peggiori ci si può aggrappare a quel che ci rende felici (per quanto possa sembrare effimero) per evitare di andare alla deriva.

Alessandro Bolzani
Blogger & Scrittore Fantasy

ANDRAS

AUDIORACCONTI
degli Zombie Readers

Tutti i racconti contenuti in questa raccolta sono disponibili in versione audioracconto. Le opere sono fruibili su YouTube, Audible e altre piattaforme dedicate.

Questo lavoro è stato possibile grazie alla professionale collaborazione degli Zombie Readers. Un duo di artisti prolifico e di grandissima qualità. Il progetto mette a disposizione l'attenta e appassionante voce e quindi narrazione di *Alessio Monni*, come oscuro narratorie dell'inesplicabile e satirico Zombie Sensei e le enigmatiche illustrazioni di *Stefania Prati* che riesce a far vivere i personaggi di ogni storia grazie alle sue meticolose tecniche di animazione delle immagini.

Oltre che artisti, gli Zombie Readers sono autori di storie, romanzi e sketch ironici che arricchiscono il loro variopinto universo macabro e le loro personali creazioni.

Il risultato è senza dubbio magnetico, e il fandom che circonda il loro lavoro e il loro "tumulo" ne è una prova.

Alla loro impagabile collaborazione ed estrema dedizione si aggiunge la composizione di colonne sonore scritte e pensate per ogni singola storia da *Ray Hermanni Lewis*.

Il Faro di Portland

Questo audioracconto è stato creato nel 2022 ed è stato pubblicato il 19 maggio dello stesso anno su YouTube. Sulla piattaforma è possibile accedere alla chat in tempo reale che si svolse al tempo della messa in onda.

Tra le particolarità di questo piccolo corto segnaliamo la figura del Capitano Serge che è un omaggio all'illustratore e amico Sergio D'Amore, impreziosito di un accento francese, e l'esilarante comparsa dell'autore in versione fumetto che introduce la storia. Questo racconto è disponibile su Amazon e su rayhermannilewis.com come tascabile e presenta le illustrazioni di Stefania Prati, dei saggi di approfondimento degli stessi Zombie Readers, di Davide Di Laurenzio ed A.B. Lundra.

Versione a fumetti di Ray Hermanni Lewis
realizzata da Stefania Prati per il progetto Zombie
Readers

Il Viandante

Questo audioracconto è stato creato nel 2021 ed è stato pubblicato il 15 dicembre dello stesso anno su YouTube. La chat in tempo reale è disponibile e aggiunge un qualcosa in più all'esperienza audiovisiva.

Questa è stato la prima esperienza della suddetta raccolta realizzata in collaborazione con gli Zombie Readers. Una particolarità divertente e degna di nota fu la voce data alla vecchia signora da Stefania Prati che in quel periodo ebbe una raucedine causata dal mal di gola e che contribuì inconsapevolmente a realizzare una voce più credibile per quel personaggio. La soundtrack di questa opera è quasi spirituale e accoglie l'ascoltatore in un oscuro vortice sconsacrante e demoniaco. Questo racconto è disponibile su Amazon e su rayhermannilewis.com come tastabile e presenta le illustrazioni di Stefania Prati, dei saggi di approfondimento degli stessi Zombie Readers, di Alessandro Bolzani e Davide Di Laurenzio.

L'uomo senza Anima

Il seguente audioracconto è stato creato nel 2023 ed è stato pubblicato il 23 maggio dello stesso anno su YouTube. Anche qui è disponibile la chat istantanea con la partecipazione dei followers del canale in tempo reale.

Il backstage di questo audioracconto ha dei retroscena da ricordare. La voce della vecchia albergatrice è stata registrata dallo stesso autore del racconto che l'aveva idealizzata sin dall'inizio con un timbro stridente e fastidioso. L'interpretazione del narratore Alessio Monni è rimasta memorabile nella scena di intermezzo dove interpreta il malcapitato conducente della carrozza per New Castle. All'interno di questo lavoro sono inoltre presenti le prime animazioni create dall'illustratrice Stefania Prati. Le colonne sonore sono immersive e provano a descrivere la tetra atmosfera della vicenda con un andamento lento e cadenzato. La stesura originale era un po' diversa da quella definitiva che oggi potete leggere e ascoltare. Il testo presentava un finale aperto e si intersecava a un certo punto con il primo romanzo di Ray: "Infericum".

Le Ali di Mumiah

Questo audioracconto è stato creato nel 2025 ed è stato pubblicato il 28 gennaio dello stesso anno su YouTube. La trasposizione audiovisiva di questa storia rappresenta il più vecchio racconto dell'autore che lo scrisse nel 2013.

I retroscena di questo lavoro sono esilaranti e affondano le sue radici nell'ormai lontano 2014. La storia non era stata pensata originariamente per un racconto, ma bensì per un compito in classe di informatica in cui si doveva scrivere un testo da pubblicare tramite l'apposito sito creato dal professore all'università. La storia originale abbozzata intorno al 2013 aveva ben poco a che fare con la seguente stesura che fu progettata e scritta dall'autore in collaborazione con due suoi amici. La cooprotagonista, Elisabeth Swanson, prese ispirazione da una persona reale, tuttora amica di Ray e collaboratrice per quel compito. Anche la figura del personaggio semiumano chiamato il "Veltro" venne scritto e pensato per un altro amico dello scrittore partecipante all'iniziativa. Quando la premiere del racconto andò in onda nel 2025 fu guardata e commentata da quei tre vecchi amici a distanza di oltre dieci anni con estremo divertimento. Sono da menzionare senza dubbio i fantastici progressi delle animazioni realizzate da Stefania che in questo lavoro spiccano particolarmente. Le voci dei personaggi sono ben curate e il narratore regala una delle sue migliori performance.

La Città del Vento

L'audioracconto in questione è stato creato nel 2024 ed è stato pubblicato il 20 febbraio dello stesso anno su YouTube. Disponibile la chat in tempo reale con la partecipazione dei followers, dei creatori e dell'autore.

Il dietro le quinte di questo racconto ha avuto alcuni retroscena. Il personaggio a fumetti di Ray torna per consegnare la storia e per presentare il terzo volume della rivista Weirdbreed. L'inquietante Stolas è interpretato magistralmente da un narratore appuntito e in piena forma. Le illustrazioni fanno da padrone e le colonne sonore serrano l'intera vicenda in un spazio onirico, claustrofobico e apocalittico. Il racconto nacque da un viaggio reale che l'autore fece con il padre in tenera età.

ZOMBIE READERS

Sito Ufficiale:
www.rayhermannilewis.com

Pagina Facebook:
www.facebook.com/rayhermannilewis2

Pagina Instagram:
www.instagram.com/rayhermannilewis

Amazon Author:
www.amazon.com/author/rayhermannilewis

Un po' della mia storia.

Sono un compositore, musicista e scrittore di weird fiction.

Nel corso del tempo ho creato molte colonne sonore per film, cortometraggi, audioracconti, album di musica, spesso impiegati al cinema o a teatro. Molte di queste opere sono fruibili e acquistabili nei migliori store online.

Dai un'occhiata alla mia pagina Facebook:

Come scrittore ho scritto molti racconti e storie che spaziano dal genere weird al dark fantasy e quindi dall'orrore alle incursioni nel thriller.
La realizzazione de (I racconti dell'Altro Dove), è una raccolta di storie che mira a esplorare l'universo letterario del "Dove".

In contemporanea sto realizzando il mio primo romanzo: (Infericum), una storia che prende spunto dai miei racconti brevi e che indaga ancora più a fondo l'universo che ho creato per la mia prima serie di storie.

Molte delle mie storie sono diventate degli audioracconti corredati di illustrazioni e musiche originali fruibili su YouTube.

Tieni d'occhio la mia pagina autore su Amazon:

Nel 2019 ho esordito come compositore su Netflix & Prime Video grazie al film Transfert.

Dai un'occhiata alla pagina del film su Wikipedia:

Nel 2022 ho portato in scena il mio monologo teatrale che avevo interpretato come attore nel 2020 e che rappresenta una personale metafora sul mondo, sulla vita e sull'arte.

La regia del cortometraggio è di Andrea Carella e
l'interpretazione vocale di Sergio Scorzillo
(Discorso tra Me e Mè)

Guarda la versione estesa:

Nel 2021 ho creato la rivista del fantastico "Weirdbreed"
riuscendo a confluire tutte le mie passioni in un unico
canale.

Oltre che per il mondo fantastico, amo scrivere articoli di
divulgazione culturale e di esplorazione Urbex.

Potete trovare tutti gli audioracconti tratti dal mio
universo sul canale YouTube dei talentuosi
Zombie Readers

Ray Hermanni Lewis
è uno scrittore di weird fiction, musicista
e compositore italiano residente
nei Paesi Bassi.

Sito Ufficiale
rayhermannilewis.com

Printed in Dunstable, United Kingdom